三十代の初体験

羽田圭介

主婦と生活社

はじめに

一七歳で小説家デビューし、二九歳で芥川賞を受賞した。三一歳になって「週刊女性」から、連載エッセイの依頼がきた。

狭い住居に住んでいた頃に使っていた小さな冷蔵庫をリサイクルショップに引き取ってもらい、買い替えた大きな冷蔵庫が届くまでの一週間、冷蔵庫なしの生活を送ったばかりであった。多忙な日々だからこそ、外へ食べに行くこと自体と、外食で摂取した過剰カロリーを消費するためジムに通うのも面倒に感じられた僕は、頑なに自炊を貫いていた。ただ、冷蔵庫なしの常温保存できる食材での自炊にも限界があり、その一週間は連続で外食をしたが、案外太らなかったし、単純に、一人での外食も楽しかった。

自分はこういう生活を送る人間だ、と決めつけてしまっている部分が、他にもあるかもしれない。小説の執筆だったり日々の家事など、自分で組んだルーティーンを淡々とこなせてしまう性格だからこそ、ただ惰性で続けていることを必要以上に大事にしたり、新たな選択肢や経験の機会をはなから除外してしまっているところが、あるのではないか。

「週刊女性」の連載担当編集者と、なにについて執筆しようかと話している際、今まで一回も降りたことのない駅で降りてみたり、人里離れたログハウスでコーヒーを淹れながら小説を書いたり、神田川を源流からゴムボートで下り御茶ノ水を見上げてみたいですね、等々話しているうちに、気づいた。それらはつまり、これまで体験してこなかったことを体験したい、もしくは始めてみたい、ということなのではないか？

二十代半ば頃からなんとなくマイケル・ジャクソンのようなダンスに憧れだしたものの、やらないうちに三十代に入ってしまった。他にも、子供の頃に父親の背中をみて、中高年男性がやるものだと思い込んでいたゴルフを、周りの一部の友人たちがやりだした。三一歳といわずに、身体の元気な三十代のうちにやっておいたほうが人生を豊かにできることが、自分の今の生活の外側に、色々とあるんじゃないか？

三一歳は、たとえば小説の世界で腕を究めるにはまだ若いといえる。ただ、もう使わないであろう大量の資料を捨てたりする際には経てきた年月の長さを実感するし、プライベートの思い出の品を処分したりする時なんか、それなりに考えることのある年齢でもある。

三十代前半は、体力が要るようなことはもちろん、身体の一部である脳を用いてなにかを習慣化させたり習得したりすることが可能な、最後のスタート年齢となるかもしれない。そのきっかけづくりも兼ねて、本エッセイの連載はスタートした。

もくじ

三十一歳の初体験

三十二歳の初体験

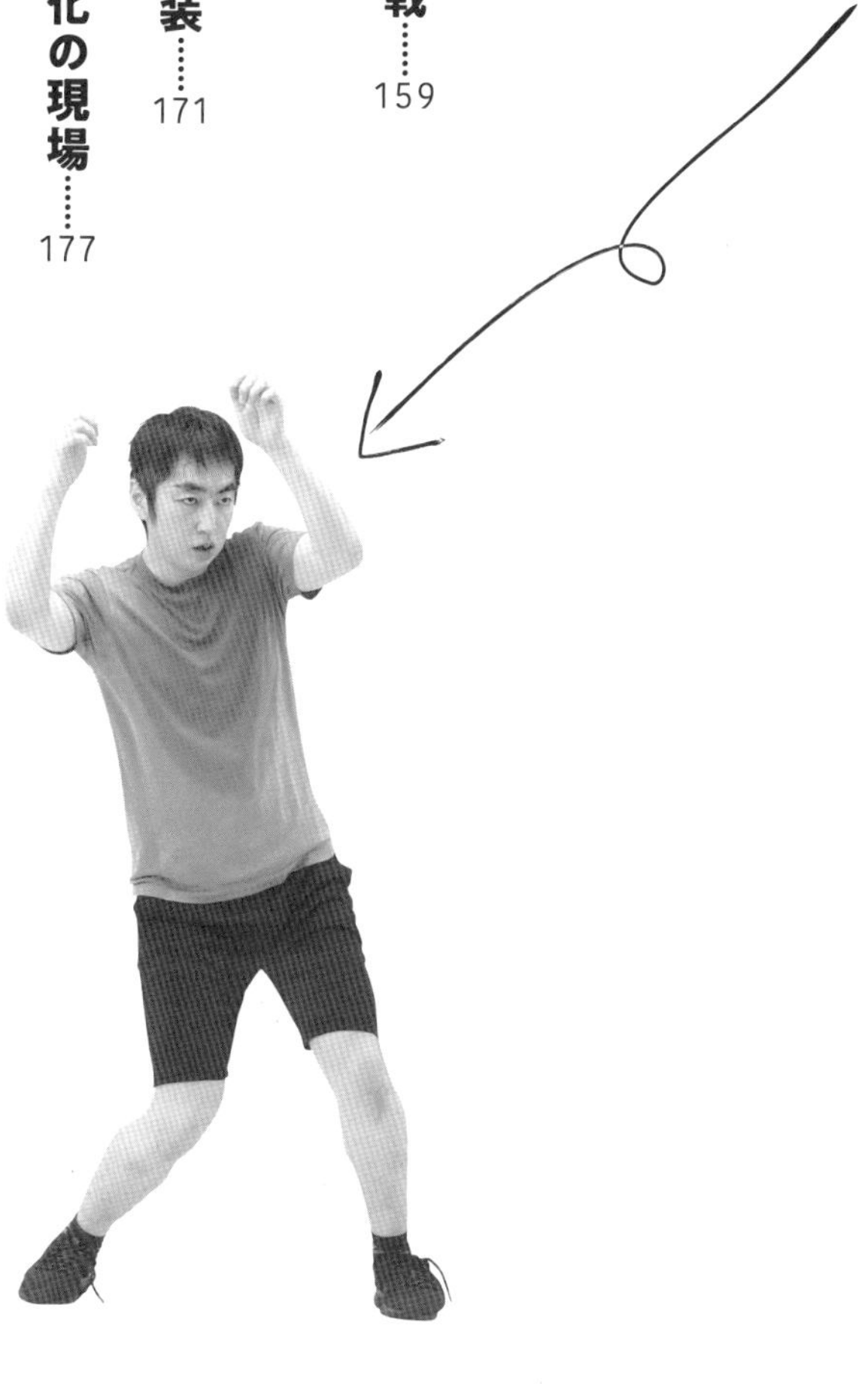

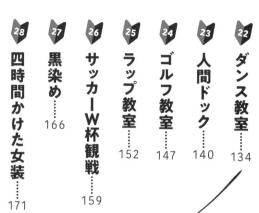

三十三歳の初体験

三十四歳の初体験

初出
本書は『週刊女性』（主婦と生活社）
2017年～2020年に
掲載された連載を加筆修正し、
書き下ろし原稿「狩猟体験」を加えて
再編集したものです。

三十二歳の
初体験

三十一歳の初体験 1

ホテルで朝食

欧米資本のホテルなのだと
果物の皮で実感した

宿泊客でなくとも高級ホテルの朝食を食べられるとは、大学生くらいの頃から知ってはいた。宿泊だと数万円かかるようなホテルでも朝食だけなら数千円で済ませられリーズナブルだから、そのうちデートとかで行こうと思っているうち、一〇年くらい経ってしまった。

平日の午前八時過ぎ、都内にある外資系ラグジュアリーホテルの朝食ブッフェに入った。料金は四六三七円、品数は約六〇品目。朝食のみの利用客は、一日五組ほどだという。

眺望の良いガラス張り高層ビルのレストラン内にいる客のほとんどが、白人だ。朝日の差し込む窓側の二人掛け席に通された。空いている席は多い。

早速よそったベーコンのキッシュがうまかった。中国風の、果実が入ったヨーグルトなんてのもある。そして名物の、ズワイガニのエッグベネディクトがとても美味しい。濃い色の黄身が、血のようにあふれ出てしたたる。ズワイガニの味につられがちになるが、卵という原価の安い食材の奥行きの深さに驚かされた。タンパク質が容易に変質する卵料理は、秒単位、摂氏一度単位での熱の通し方の調節が必要なことからして、料理の腕前が如実に発揮されるのだろう。

ひとときおりたいらげ、ボサノバの流れる中、窓の外を眺める。朝日に照らされた高層ビル群の向こう側に、山陰が見えた。富士山がぽつんと見える、とかではない。名も知らぬ山々の稜《りょう》線《せん》はずっと横に続いている。

個人的に憂鬱なことが続いていた数日間だったが、すべては関東平野の中で起こっていることでしかないのだなと、気が晴れた。昼間に飛行機で国内を旅すると、思いも寄らぬ早さで山々にさしかかり似たような体験をさせられるが、山々だけを上から俯瞰《ふかん》するのと、高層ビルが並んでいるのと同じ視界中に山々を見るのは違う。同じ時間帯に同じような高さの高層ビルに上ったことなど、たとえば汐留の日テレタワーとか、色々あるはずだが、こういう光景は初めて見た。席に座り、ゆっくりと朝食をとりながらでないと見えない風景なのかもしれない。

再び果物やパンを持ってくる。さきほどより少し落ち着き、テーブルや椅子といった統一感のある調度品も高級品ではなく、ニトリと同じレベルの業務用という感じなんだと冷静な目で見ながら、ドラゴンフルーツを食べる。

しょっちゅうフォークなんかを取り替えてくれる空間でぶどうやキウイの皮を剥《む》いていると、あることに気づく。席に居ながらにして飲み物のおかわりを訊いてくれたり食器は替えてくれるが、果物の皮は剥いてくれないのか。

日本全国のビジネスホテルなんかの朝食でも、果物の皮を剥いてくれている所は多い。リンゴやぶどうはいいが、厚く輪切りにされたキウイの皮を手で剥くのは結構しんどい。柔らかい実から薄く切れやすい皮をはがすのは、大変なのだ。紛れもない、欧米資本のホテルなのだと、果物の皮で実感した。

遠くを見れば山々の陰が見えるも、足下を見ると、首都高や一般道を走る車や、無数のビルの室外機が見える。カプチーノを飲みながら、足下の模型みたいな街並みは、自宅や自分の生活と地続きなのだな、というようなことを思った。

やがて目の前の席に、目の表情がトム・クルーズと同じ白人男性が現れた。九時前になり、一気に混んできた。チェックアウトから逆算して訪れる宿泊客たちなのだろう。どの席でも見晴らしは良いが、窓側で静かに楽しみたいのなら、八時頃には入っていることをおすすめする。

レストランを出てすぐ、同じフロアにあるトイレに入ると、日本一眺めの良い男子トイレだと気づいた。ガラスの壁に沿って、小便器が並んでいる。ガラスの壁と、その向こうにあるスカイツリーに向かって性器をさらすなど心許なさはあるが、帝王感もすごい。男性には、ここのトイレで用を足すのもおすすめする。

三十二歳の初体験 2

市ケ谷の釣り堀

間に女性たちがいないと
なかなか横に広がらない

行ってみたいけど、いつでも行けるからまた今度でいいか、と思い続け、ずるずると行かずに年月が経ってしまった場所がいくつもある。自分にとって、市ヶ谷フィッシュセンターがその代表的な場所だ。

大学に進学した二〇〇四年の春以降、通学経路の途中で、御茶ノ水駅から新宿駅まで中央線に乗るようになった。御茶ノ水駅から四ツ谷駅までは線路沿いに神田川があって、市ヶ谷駅の近くに釣り堀があることが気になりだした。十代前半の五年間くらい、釣りにはまっていた自分にとって、暇つぶしにちょうど良さそうに見える。友人たちに提案したが、都合がつかなかったり別の遊びをしたりで、またいつでも行けると思っているうち、一度も行かないまま一三年ほど経った。

本連載の担当女性編集者と女性カメラマンの三人で、訪れた。橋の近くに、川側へと下るゆるい坂がある。売り物の観葉植物が陳列されたスチールラックが何台も横並びになっており、そこを抜けると市ヶ谷フィッシュセンターの事務室があった。ちなみに普通に利用するだけなら安く遊べるものの、取材で行くと結構な額の金をとられる。スチール撮影でページ数、という掲載形式から算出した額を、請求された。ほのぼのとした釣り堀のイメージからはかけ離れた商売気の強さだ。長短選べるうち長い方の竿を借りる。

九時半の開店直後に行ったからか一番乗りで、事務室から最も離れた奥側、ベンチと屋根のあるところに陣取る。つきあわせてしまう女性二人のＵＶ対策等も大事だし。ひっくり返したビールケースを椅子代わりにし、針の先に練り餌をつけ、池に投げる。

釣り堀の魚は、簡単に釣れるように思えて、そう簡単には釣れない、ということは経験上知っている。魚がスレきっていたりするからだ。ただまあ、海魚や、川魚をルアーで釣ったりするよりははるかに簡単なはずで、三〇分弱に一匹くらいのペースで釣れればいいかと、待つことにする。

常連客っぽい人たちが道具持参で何組かやって来たあたりで、編集者とカメラマンも、それぞれ竿を借りてきた。すぐに、常連客っぽい一人の初老男性が釣り上げる。またどこかで、誰かが釣り上げ、一番乗りした自分は釣れない。レンタルの道具が悪いのだろうか。そのうち、編集者とカメラマンの二人が、常連客たちと会話して回っていることに気づく。やがて僕は場所を変えた。

「今日は寒いから鯉も運動せず、池の端に溜まっているらしいです。あと、このガーリックパウダーを使うといいみたいですよ」

近くの常連客男性から秘密の餌をもらった編集者から、粒状のパウダーが入ったボールを渡される。僕も常連客男性になんとなくお礼を言いながら会釈するものの、基本的に会話の窓口は女性二人だ。

「羽田さん、さっき私たちがいた場所が、一番釣れる場所みたいです」

何人もの常連客たちからコツを聞き回ったからか、彼女たちの竿には定期的に大きなアタリがある。僕の竿にもたまにアタリはあるが、餌だけ持って行かれてしまう。

「あそこにいた方は八五歳で、奥さんに文句を言われながらも、二週間に一度ここに来ているとおっしゃってました。そのために食事に気を遣い、筋肉を鍛えているんですって」

女性陣と固まっているとき、とある常連客男性から、竿の先を水面につけていたほうがいいとアドバイスされた。そのほうが、アタリがきて竿を振り上げたときの初速が出て、確実に釣り上げられるのだという。アドバイスに従い一分も経たないうちに、二時間近くの制限時間ギリギリで、ようやく一匹釣り上げることができた。

基本的に六十代以降の人たちしか見受けられない平日の釣り堀で自分の心に残ったのは、釣り自体の面白さよりも、男の他人同士のコミュニケーションは、間に女性たちがいないと、なかなか横に広がらないのだろうな、ということだった。特に自分の場合は、そうなのかもしれない。この先老いてゆくほどに、女性たちを大事にしないと、誰とも会話しなくなってしまう恐れがあると思った。

三十一歳の初体験 3

ジェルネイル

爆弾や札束でも
しまっているような気がした

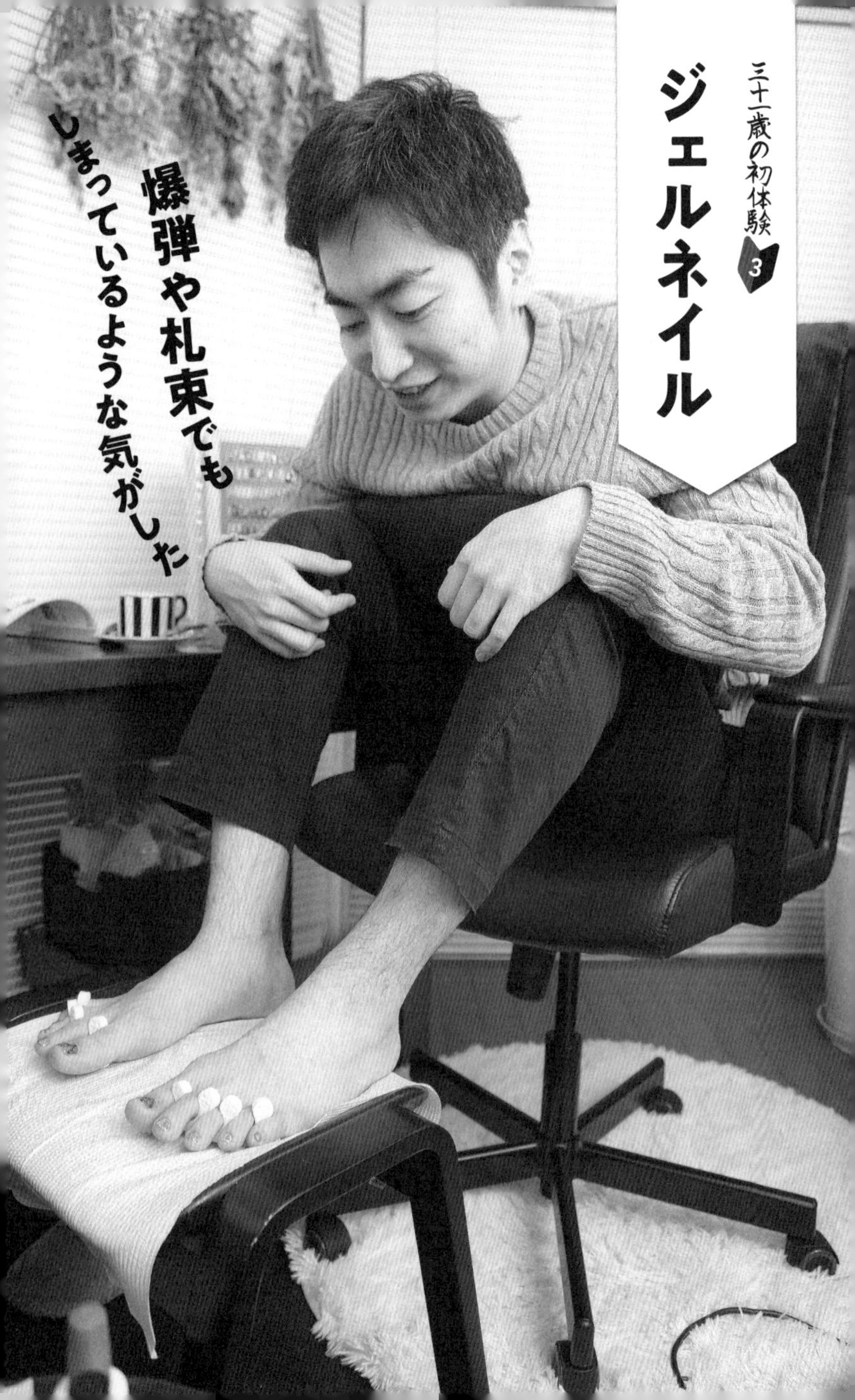

米を研ぐときに不便そう、というのが、ネイルアートに対する印象だ。

ドラッグストアや一〇〇円ショップで買えるような塗料を自分で塗ったりするシンプルなネイルアートと異なり、ジェルネイルといわれる、爪の上にもう一枚爪をつけたかのような艶やかで派手なネイルアートからは、攻撃性すら感じられる。隆起し先端の鋭い形がそうだし、きらびやかなアピール性からして、映画『300〈スリーハンドレッド〉』（米国・2008年）で見たペルシア大王のクセルクセス1世を想起させる。

一回九〇〇〇円くらいかかるジェルネイルを、一～二ヶ月に一度のペースで施《ほどこ》してもらっているという女性は実に多い。少なくとも自分や、その他大勢の男たちは、彼女たちが髪型やメイク、服装を変えることによる影響力の数十分の一くらいしか、その人の魅力を上げないと感じている。しかも、ネイルアートが施されている爪が嫌いだとする男性もかなりの割合でいる。いっぽうで、「女性たちにしかわからないオシャレ」「自己満足」という彼女たち自身による声も聞く。じゃあ、彼女たちはネイルアートのどんなところにオシャレを感じ自己満足するのだろうかと、自分もやってみることにした。手の爪だと仕事に支障をきたすので、足の爪一〇枚に施してもらおう。

訪れたのは、本連載の担当女性編集者に紹介してもらったネイルサロン。看板もないマンションの一室に、スタッフは女性一人、客も都度一人ずつ対応の個人店。リクライニングチェアにもたれかかった状態で、テレビも見られる。まるで歯科クリニックだと思った。カタログ雑誌を開き、どういうデザインにしようか検討する。以前サイン会にいらっしゃった読者の方が、手の爪一〇枚に、僕の小説一〇作品の書影をネイルデザインにして現れたことがあった。あれは衝撃的だった。

「それでは下準備をしますので、足をこのお湯の中に」

足下に、お湯の入った四角い桶が用意されている。三〇センチのデカ足を両足とも入れ、パチャパチャやってから風呂椅子の上にあげると、女性の手で丁寧に拭かれる。これはなにか、ネイルアートというオシャレな雰囲気からはほど遠いと感じた。いうなれば、介護のデイケアサービスだ。老人の身体をぬぐってあげるのと同じようなことが、行われている。

「爪を削って、甘皮も切っていきますね」

足の爪の甘皮を切ったことなど一度もない。しかも伸びた爪をニッパー等で切るのではなく、丁寧にやすりで削ってゆく。己の足をこんなにも丁寧に扱われたことがなく、この段階から、なんかいいかも、と思い始めた。

「どんなデザインにされます?」

「ええっとですね、濃いめのピンクや青もかわいいし、でもヌードカラーや黒系にして本気で合わせに行くっていうのもありだと思うんです。初めてなんで派手にやりたいのと、自分に合う自然さを両立させたいので、メタル系中心で遊んじゃう感じとかどうですかね？　左右でピンクと青に分けるとか」

施術例のカタログを見ながら、自分でも驚くほど色々な要望が口から出てきた。

「じゃあ、そうしましょう。広い親指なんかを、アート系にしちゃってても大丈夫ですか？」

「ぜひお願いします」

下処理に四〇分くらいかけたあと塗料を塗る作業が始められると、要領よく作業は進んでいった。ＬＥＤ光源を一〇秒かざすだけで、ジェルの層はすぐ固まる。塗っては光にかざし、を女性は繰り返していった。

完成したジェルネイルを見ると、まるで足先だけ自分の足じゃないような気がした。そして、なにも施されていない手の爪に対し、せっかくスペースが空いているのにもったいない、と思った。空き広告スペースに広告を入れていないような感じなのだ。一度ネイルアートを施した女性がずっと続ける理由がわかった気がする。帰るため黒い靴下を履いてすぐ、足先に爆弾や札束でもしまっているような気がした。早く夏になってサンダルを履きたい、なんて思いにもかられたり。

風呂に入るとき、靴下を脱いだ足先を見ては毎度ギョッとしてしまうことには、未だ慣れていないが。

三十一歳の初体験 4

女子中高生向け映画

8

『ザ・ノンフィクション』を見ている感じに近いのだ

女子中高生向けに作られた映画の予告編を見ては、「日本の映画業界終わってる」などという感想とともに鼻で笑ってきた。だがどんな映画であっても、関わっているすべての人たちが「終わってる」わけではない。映像メディアの業界で仕事をしてみると、みんな本当に苦労してやっている。じゃあ、女子中高生向けの映画にもなんらかの発見はあるんじゃないかと、流行りらしい人気恋愛コミックの実写映画『きょうのキラ君』を見ることにした。

新宿にて、平日一六時半からの上映回。それほど大きくない部屋の五分の二ほどは埋まっていて、意外にも制服姿の女子たちは少ない。こちらが想定していたよりもやや上の、大学生くらいの女性やカップルたちが多く、おばさん二人組なんかもけっこういた。

あらすじを言うと、昔いじめられていたトラウマにより前髪で顔を隠し過ごしている根暗地味女の主人公ニノが、元不良で学校の人気者のキラに突然見初められ、なんだかんだで交際してしまう物語。キラは心臓に難病を抱えていて、ある日の学校からの帰り道、弱っている鳥を飛び立たせた後で、「死にたくない」と涙ながらに弱音を吐く。そこに、日頃鳥の人形ばかり作っているニノが偶然居合わせ、彼女はキラの前に飛びだし、「三六五日一緒にいます」と告白する。後日、「三六五日一緒にいるんだよな?」とキラから言われ、ニノは彼と本当に付き合うことになる。根暗地味女と人気イケメンの突然の交際に、学年中がそれはもう大騒ぎ。そこへ、キラの難病仲間の小姑みたいな他校女子生徒が現れたり、港近くの寒そうな場所で夜、わけもわからないタイミングでキラが上半身裸になり、昔の悪かった自分を反省したりと、色々ある。

キラの心臓の発作が頻発するようになり、本当につきあい続けるべきかどうなのか、をニノが考えるあたりから、予想外の要素が色濃くたちあがってくる。ニノの父親が二人の交際を止めようとしたりと、双方の親の影が、いかんせん強いのだ。

若い男女の恋愛といったら、古くは六〇〜七〇年代のニューシネマにあるような、血縁とか関係なく自由にやっちまおうぜ、というイメージが強い。トレンディドラマなんかも、実家感を排した都会的な雰囲気じゃないと成立しない。中学から私立校に通っていた僕も恋愛＝実家感の排除、という感じなのだが、この映画に出てくる世界は、地元の公立校とその近辺の住宅地が舞台だ。

ニノの両親はキラのことを「〇〇さんちの息子さん」と言い表しているように、いくらキラ本人が不良になったり更生したりしても、大人からしたら「〇〇さんちの息子さん」でしかない。仲間たちの前ではぶっきらぼうな口調でしゃべっていたキラがニノの両親と話す際は丁寧な言葉遣いに急変する度、物語世界の地元感が強くたちあがった。

やがてキラは手術を受けることを決め、アメリカに渡る。すると、今までＬＩＮＥでやりとりしていたニノと、急にエアメールでやりとりするようになる。というようにツッコミどころは多いのだが、ツッコんでなんになるのだろう、と僕は思うようになっていた。作品のターゲット層でない自分がツッコむ目的でわざわざ鑑賞しに来てツッコむなど、行動が幼すぎる。大切な人の命が失われるかもしれないという想像は、自分に置き換え「大切な人は失いたくないよな」と素直に思えたりした。無難なハリウッド映画を見ているより、ツッコミや冷笑も含め、心が動かされているのは確かだ。テレビでやっていても見ないが、映画館という逃げられない空間で見ていると、色々な感想がわいてくる。

もはや、恋愛映画ではない。フジテレビの『ザ・ノンフィクション』を見ている感じに近いのだ。昔は手のつけられなかったヤンチャな若者が、辛酸をなめたりして、結果的に地元社会に回収されそこの一員になり、親たちにも認められてゆく。つまり、昔から日本人が好きな、地元文化の物語なのだ。物語の終盤ではずっと、頭の中で、『ザ・ノンフィクション』のオープニングテーマである中孝介の歌が流れていた。きっと手術を無事に済ませたキラくんは地元で就職し、消防団にも入り、ニノと二人の子供をつくるに違いない。鑑賞後、若い客たちよりおばさんたちのほうが、いいものを見たという満足げな顔をしていた。

三十一歳の初体験 5

ふくろうカフェ

人間の欺瞞
について考えさせられた

最近、ペットショップなんかで足を止めるようになった。猫とか犬を、カワイイと感じる。昔はそんなふうには思わなかった。貧乏小説家として、自分一人で生きるのに必死だったから、身軽でいることに越したことはない、と。けれども芥川賞を受賞して二年近く経つ今は、色々なことにだいぶ余裕も出てきて、ペットを飼うことを想像する機会は増えた。実際に飼おうとまではいかないが、昔よりは、動物のいる生活を許容できる性格になっている。テレビ番組のロケで最近、猫カフェに行ってみて、自由に猫とたわむれる空間の素晴らしさを知った。

原宿にあるふくろうカフェ、『フクロウのお庭』へ行ってみた。造花も含めた緑で彩られた空間には窓が数ヶ所あり、採光もちゃんとしている。そんな中に、足を紐で繋がれたフクロウや鷹がいた。手を消毒し、ひとまず椅子に座り、出入口近くにいるフクロウたちを見る。皆、首がものすごくまわる。首がまわる際の所作は動物っぽくない。モーターでまわっているかのごとく、首の真ん中を中心にしてほとんど首だけが二〇〇度以上の角度でまわる。

フクロウだけでなく、鷹も数羽いる。丸っこい顔と胴体のフクロウたちに対し、鋭い顔の鷹を同じ空間において大丈夫なのか。前提として、店にいる鳥たちはすべて幼い頃から訓練を受けているから、他の鳥たちを襲ったりはしない、大人しい性格らしい。すすめられるまま頭や身体を撫でても抵抗しない。カメラのレンズを向けると、少し気になるようだが、その程度だった。

それでも、生物としての本能は残っているようで、店員さんがなにかの用事でとある鷹を手に持ち店内の別の場所に移し替えた際、それを見ていた一羽のフクロウの身体や目がみるみる細くなった。僕は驚いた。変化する様子を見ていなかったら、同じ鳥だとは到底気づけない。フクロウの丸っこくふくらんだ身体は、豊かな羽毛によるものなのだということがわかった。しかも、なぜか鷹に対し、身体を横に向けている。聞くと、恐怖の対象に対し少しでも身体を細く見せることで、木の枝に擬態しているらしかった。ダイエットをした人がコンテストかなんかで無理に腹をへこませ横向きの変なポーズをとっているみたいだ。

フクロウ二羽の腕のせ体験をした後、鷹匠体験もした。店長が個人的に飼っているハリスホークの神楽《かぐら》を腕に乗せる。腕を横に振ると、数メートル先にある目標物の上にまで飛んでいった。

「神楽！」

名前を呼ぶと、今度は横につきだした僕の腕にまで飛んできた。ものすごく頭が良いハリスホークは、鳥界の犬と言われているらしかった。

ご褒美に、店長がひよこの生肉を与える。もともとは養鶏場で卵を産むために育てられるひよこで、用をなさない雄はシュレッダーでミンチにされ捨てられていた。その有効活用として、フクロウカフェなどの餌に利用されているという。動物虐待と言ってくる人もいるらしいが、無駄死にさせられていた雄ひよこの亡骸が他の鳥の役に立つのなら、そっちのほうがマシではないか。

少なくとも、エッグベネディクトとか、卵を使ったおいしい料理を日頃食べたりしている自分は、雄ひよこをミンチにすることに反対意見を唱える資格はないから、生きている他の生物に食べてもらいせめてもの供養にしてほしいと思う。最後は意外にも、人間の欺瞞《ぎまん》について考えさせられた。

三十一歳の初体験 6

アイロンビーズ

ツーリングをしている時の
感覚に近かった

女の子たちと話したりするうち、たまにその言葉を聞いたりしてきた。アイロンビーズだ。女性、ではなく、女の子、という線引きがある。自分よりけっこう年下の人たちからしか、その語を聞いたことがない。小さい頃にアイロンビーズをやっていた、と言うのだ。自分は男兄弟で、中学高校と男子校で過ごしてきたから、女の子たちが幼稚園から小学校低学年くらいまでやっていたというその遊びを知らない。というか、だとしたら男子校育ちというのは関係ない。基本的に家でやるらしい遊びの道具を、幼稚園や学校に持って来てはいけないのだから。

アイロンビーズと耳にする度、つい最近までてっきり、六十代の自分の母親がたまに作ったりする、石やら金属やらを繋いでゆく、手作りアクセサリーの類いかと思っていた。しかしなにかの会話で盛り上がり、女の子たちからスマートフォンでアイロンビーズの作例を見せてもらった時、カラフルなドット絵のような作品に驚いた。無数の突起がある板の上に色のついたビーズをはめてゆき、最後にアイロンがけでプラスチックを溶かし板状にする芸術らしい。

「こんなちまちました遊び、よくやるなあ」

とその場では率直な感想を漏らしたが、数日後も、なにかアイロンビーズのことを気にしていた。ああいう、ちまちましたことを最近はしていない。芥川賞を受賞して以降、多種多様な仕事ばかり優先的にこなし、生き急いでいた気もする。読書や、請求書を作るとか以外の、ちまちましたことをやってみてもいいのではないか。

新宿のビックロ内にあるおもちゃフロアで探してみると、アイロンビーズのコーナーがあった。メジャーな規格のものをバケツで買い、レジに並んでいると、自分が若いお父さんにでもなったような気がした。

家に帰り早速、買ってきたバケツに貼られているシール内の作例を手本にして、花を作り始めた。「対象年齢五歳以上」となっている製品には、大きなプラスチックのピンセットも付属している。必要なカラーのビーズをピンセットでつまみ板の上に配置していったのだが、ビーズの粒が大きめなので、そのうち指でやりだした。並べ終えると、その上に油紙を置き、アイロンをかける工程にうつる。デザイン重視で買ったドイツ製のアイロンを目盛り7のうち3.5くらいの温度にし、油紙の上からこする。すると、やりすぎてしまったのか、プラスチックがぐちょぐちょに溶け、にじんだ。板から外し、裏面を少しだけアイロンがけする。裏から見るとアイロンビーズっぽいが、にじんだ表はマリメッコの花柄模様みたいだ。

もっと大きなものを作りたいと、別の日に四角い大きな板を買ってきて、他の作例にもチャレンジする。犬、猫、インコ、ひよこ、リス、リンゴ、飴玉、ぶどう、魚、ショートケーキと作ってゆくうち、無心になる心地よさを体感していった。といっても、この無心になる感じは、アイロンビーズ特有のものではなく、他のものでも体感できるだろう。僕にとっては、バイクで北海道ツーリングをしている時の感覚に近かった。ガソリンの残りと走行可能距離と、次の目的地までの距離を照らし合わせながら移動していると、そういうマシーンに自分がなったかのような心地になるのだが、あれに近い。複雑なことを考えるのではなく、単純なことに延々と集中するのは、心身の細胞が入れ替わるかのようでハマる。

オリジナルの大作を作ろうと思ってはいたが、結局、ネット上にあった作例をもとにした、他よりちょっと大きめの虎を作っただけで、今のところ満足してしまっている。作例に頼らないオリジナルの大作だと、創作行為になってしまうからだ。それは無心とはほど遠い。

三十一歳の初体験 7

俳優になる

役を演じてしまっては意味がない

二〇一七年の一月三日に放送されたNHKドラマ『富士ファミリー二〇一七』において、初めて俳優としての仕事を行った。撮影は、二〇一六年の八月に行われた。

出演依頼がきたのは六月頃だった。ご夫婦でやられている脚本家ユニットの木皿泉さんが、TVで見た僕に興味をもってくださったのだという。まだ台本が煮詰められていない段階で、僕に役をあて書きする形での依頼をくださった。面白そうだ。引き受けてから一ヶ月以上経ち、台本が届いた。

演技経験といえば、幼稚園で毎年やっていた芝居の発表会くらいしかない。年長の時に『ピーターパン』の、三人いたフック船長のうち一人をやった。そもそも白いタイツを穿くのが嫌でピーターパン役を敬遠し、他二人のフック船長がちょび髭を描かれているのを見てそれは嫌だと拒絶したりと、頑固な俳優だった。

それくらいの経験しかない自分がお荷物になってはいけないと、台本が届いてすぐ、セリフの暗記と練習に努めた。自宅には、歌の練習用に買ったヤマハの組み立て式防音室がある。全然使っていなかった〇・七畳の大きさの防音室内に入り、セリフ読みの練習をする。芥川賞受賞後に色々なバラエティー番組に出て実感してきたことだが、素人のボソボソとしたしゃべりは一番良くない。舞台とかを経験されているお笑い芸人さんたちは信じられないほど声が大きいし、若いバラエティータレントとかもスタジオの中で埋もれないよう、声を張りまくっている。つまりプロと素人の第一の差は、声の大きさなのだ。それをクリアしてはじめて、演技の味付けという話になってくるだろう。腹式呼吸の発声で、練習した。

撮影初日は、千葉県の内陸に電車で向かった。人身事故と、線路上にあった石を踏んだというトラブルで遅れ、着いたのは夕方だった。撮影の拠点となっている建物へ入ってすぐ休憩時間になったらしく、萩原聖人さんと東出昌大さんがいらっしゃって、テーブルで向かい合わせになり弁当を食べた。

「読み合わせの練習しましょうか?」

初対面の東出さんからそう提案していただき、恐れ多くも、練習につきあってもらった。

そして夜、小泉今日子さんと会話するシーンの撮影が始まったのだが、緊張感がとんでもなかった。バラエティー番組だと、前座の芸人さんたちが最高潮に客席を盛り上げてから撮影開始の場合が多いが、それと逆で、スタッフ全員が黙りこくったところから始まる、というのに慣れない。遠くで萩原さんと東出さんのやりとりが終わった後で、いよいよ自分の出番――。

「あらいたてのコップみたいなよるかぁ!　うまれかわろうかなぁ!」

その後しばらく小泉さんとの会話、それに自分が立ち去るというアクションを終えてから、カットがかかる。監督は、長めのカットをまわして撮影し、あとでいい部分を編集して使うというタイプの方らしい。すると、僕のもとへやってきて、

「もう少し、いつもの羽田さんみたいに、素っ気ない感じのしゃべり方でやってみてください。試しに、この部分、素の羽田さんならどう言いますか?」

「え……洗い立てのコップみたいな夜か。生まれ変わろうかな」

何度か声に出してみて、家でボソボソしゃべっているみたいな言い方をしたら、それでよしとされた。

考えてみれば、当たり前だ。脚本家の木皿泉さんは、テレビで見た僕の姿をもとに、役をあて書きされたのだ。つまり僕が役を演じてしまっては意味がない。役を演じさせるのであれば、はじめからプロの俳優を起用している。防音室内での舞台俳優ふう役作りプランは、すべて捨てさせられることとなった。けれども、用意したものをぜんぶ捨てるところから始めさせられるという経験は、なにかの糧《かて》になると思う。

三十一歳の初体験 8

築地市場で買い物

ししゃもを何本も食べ続ける
止まらない

「市場移転問題」でなにかと話題の築地市場に行ってみたいと、二〇一七年六月二〇日に足を運んだ。カメラマンの運転する車で立体駐車場まで行き、歩いて仲卸売り場へ。

あまりにも広すぎる場内は、どこから見ていいかわからない。着いた時刻は午前一〇時前で、すでに片付けが始められている時間だった。

玄人専用の仲卸売り場も、午前九時以降は、素人たちも買い物していいらしかった。物色しながら歩いていると、「よ、直木賞作家」と声をかけられたりした。発泡スチロールの保冷箱がうず高く積まれた通路内を、ターレットトラック、通称ターレという電動の運搬車が行き交う。

編集者に導かれ寄った一軒目の店は、しらす中心の品揃えの『ヤマイシ小林』だった。最近、自炊でマグロやサーモンの漬けにしらすばかり食べている僕としては、たくさんの種類のしらすが置かれているのに大興奮。一年だけサラリーマンをし、築地仲卸の職についたという代表小林さんより、六種類ほどのしらすについて説明してもらう。

しらすはどうやら乾きの度合い、大きさのそろい具合によって、分けられるらしい。そこにあるうちの二つは、ちりめんと呼ばれるものだった。夏場に日持ちするのはちりめんだが、やはりごはんにかけて食べたいのは、柔らかいしらすだ。基本的には、一箱一キログラム単位での販売だという。最も高いのは、いわし稚魚の大きさがほとんど均一で、小エビなどの混ざり物がないものだ。

「いくらですか?」

「一箱二〇〇〇円です」

驚いた。最も高いもので二〇〇〇円なのだ。スーパーでちょっとの量を買うだけでも、数百円するというのに。そして、大きさは不揃いだが、小エビ等が入っていて味自体は先の高級品と比べ遜色ないものも、同じ量でたった一〇〇〇円だった。それらに加えちりめんも一箱注文していると、奥から出てきた年配の男性から、明太子をもらった。

「同じ学校だよ。調布に通っていたの?」

「いえ、僕の頃はまだ御茶ノ水でした」

僕の通っていた明大明治中学・高校は数年前に御茶ノ水から調布へ移転したのだが、男性はOBとのこと。すると、今度は小林さんからも、マグロの脳天をサービスしてもらった。マグロ一本から少ししか取れない部位らしい。この時点で両手いっぱいに袋を持っていた。

礼を述べたあと、干物を中心に扱う『村和』へ向かう。タッパーに入れられていた本ししゃもがおいしかった。編集者が代表の村山さんから話を聞き、カメラマンが撮影している間、僕はサンプルのししゃもを何本も食べ続ける。食塩等の添加物まみれでないししゃもは、こんなにもちゃんと身の味がするのか。チップ状の鮭とばの試食も、止まらない。本ししゃも、干しホタルイカ、のどぐろ、鮎、サバ、練り物の赤てんを注文し、これ以上出版社の経費で買ってもらうのもどうかと悩んでいたところ、鮭とばをサービスしてもらった。

買い物が済むと、保冷箱に手持ちの荷物をすべて入れてもらい、店の運搬車ターレに乗った。村山さんの運転するターレで行くと、狭い通路を高い視点のまま移動する感覚が楽しい。時折段差がひどいところにさしかかると、振り落とされるかと思うくらいの衝撃におそわれた。昔は梱包箱に木箱が使われており、それを解体する際に釘が散乱するため、ターレのタイヤは中に空気の入っていないゴム製になったのだという。だからショック吸収性がない。手すりにしっかりつかまっていないと落とされてしまうスリルもあった。

氷屋や、冷凍の倉庫など、広い場内をまわりながら説明していただいた後、屋外の岸壁《がんぺき》へ案内してもらった。そこは村山さんが若い頃によくたそがれに来ていた岸壁らしかった。

村山さんはテレビ局に勤め、世界旅行を経た後、家業を継ぐ形で築地仲卸になったという。村山さんが昔頻繁に来ていたという岸壁からは、川や海を挟んだ対岸に、高層マンションが見える。

「あのマンションに引っ越せば、新鮮な魚介類を求めにここへも通い放題ですね。僕、引っ越したくなりました」

僕はそう言った後、築地移転に関しても訊いてみた。

「九割が反対しています。家よりここで生活する人が多いので、もう僕らの生活拠点なんですよ。引退する人も出てきて寂しい。一つの村みたいなものだから」

僕は、豊洲に移転されたらどうなるかのイメージがわかないので、それについても訊いてみる。

「もう、システマチックな感じになってしまいますよ。築地の衛生面が悪いとか言いますけど、築地からは、一件も食中毒は出していないですからね。氷でちゃんと管理して、売る際も、この魚はこういう風にして食べてくださいって、ちゃんと説明しながら売っているので」

この日、帰宅してから新聞を読み知ったことだが、豊洲への移転が正式に決定した。築地は、食のアミューズメントパークになるという。

三十一歳の初体験 9

築地市場で食事

もう肉中心の
食事には戻れない

初めての築地散策を済ませると、飲食店のある並びまで移動した。仲卸売り場の外側だからか、一般人、特に外国人観光客が多く、何軒かの店の外には列ができている。比較的空いている店に、編集者とカメラマンの三人で入った。

注文したウニ丼の、ウニの量と味に感動した。そして混んでいる店内にいつまでもいるのは悪いだろうと、二人を残し先に外へ出た。ビッグスクーターが多く駐められているのに気づいたが、場内で働いている人たちのものだろうか。他の飲食店を見ると、海鮮とは全然関係のないラーメン屋や洋食屋もある。日焼けして長靴を履いた男たちが築地市場内のオシャレな洋食屋に行く画は、新鮮だった。

やがて、編集者たちが瓶詰めの海苔を持って出てきた。芥川賞作家の羽田さんへと、店の人がサービスで持たせてくれたとのこと。他にも、僕が店から出て行った後、隣に座っていたおばさんから編集者が、「さっきそこにいたのは芥川賞作家の羽田さんですよね？」と訊かれ、週刊女性の取材で来たと答えると、

「連載読んでます。きよしのファンなもので」

と言われたらしい。連載の読者と出会えて、編集者とカメラマンは満足げな様子だった。

僕としても、海苔なんかもらえてしまい、満足していた。仲卸売り場の二店で、明太子にマグロの脳天、鮭とばもサービスしてもらったのだし。普段、顔が知られてしまっていることの

ストレスを感じることも多いが、こういうときはメリットを感じる。金額にすれば五〇〇〇円程度だろうが、海産物を直接もらうと、価格以上の喜びを得られる。

一般人が買い物をしていい場外の観光用市場を物色していると、小分けや冷凍にされた、仲卸売り場よりも買いやすい商品が置かれていることに気づく。

「まあ、ここは、初心者向けだよね」

と、仲卸売り場で初めて買い物したばかりの自分は、早くも玄人面で、他の観光客たちより先んじているような気持ちになった。

帰宅してすぐ台所で、明太子に鮎、鯖、のどぐろ等を冷蔵庫のチルド室へしまう。しらすは、ちりめんも含め三箱買った。それぞれを編集者とカメラマンと三等分してもらったはずだが、三分の一の量でもじゅうぶん多い。ラップに小分けし、冷凍と冷蔵で分ける。

芥川賞を受賞してテレビに出始めの頃、鶏ハムやカレーを大量に作る特殊な自炊を面白がられ、自宅ロケで同じような画を何回も撮らされた。その後二年弱の間で、牛丼や筑前煮、ハンバーグといったふうに大量生産する品も変わってきたが、最近の僕は肉屋で大量の肉を仕入れるのをやめてしまい、もっぱら刺身の漬け丼ばかり作っている。

業務スーパーでマグロやサーモン、鰹等の冷凍のサクを買ってきて、包丁で切り分け、ガラス容器に入れ、醤油にみりん、酒をまぶし冷蔵保存する。ご飯に盛る際は、まずご飯に酢をぶっかけ、みじん切りにしたねぎ、すりおろした大根、わかめをのせた上に、漬けた魚やしらすをのっける。これがもう、うまいのなんの。漬け丼ほど簡単に作れうまみ成分にあふれる料理にはまってしまうと、もう肉中心の食事には戻れない。あんなに牛肉ばかり食べ筋力トレーニングをしてきた自分が、なんだか最近、日本人になってきているなと感じる。筋トレではなく、散歩とか、細身体型になる運動に切り替えようかしら。

既に漬けてあったマグロとサーモンに加え、もらってきたばかりのマグロの脳天を切り分け、丼の上に盛る。一キロ二〇〇〇円のしらすもふりかける。

マグロの脳天が、おいしすぎた。大トロのように脂身が多いわけではないのだが、わさび醤油をかけても、それに負けない赤身の味が強く出る。脂身に頼らない、それでいて醤油にも負けない強い味、という、あまり食したことのない旨さだった。しらすも、スーパーのものより格段においしい。おかわりまでし、あっという間に、二合炊いたご飯を半分食べてしまった。

干物もおいしい。深夜まで原稿を書いたりすることもあるが、どうしても腹が減る。そんな時に、高タンパク低カロリーで噛み応えのあるししゃもや鮭とばはちょうどいい。空腹時なんか特に、噛めば噛むほどアミノ酸の味が出てくる感じが、たまらない。

もう、ある程度歳をとって食事くらいにしか人生の楽しみを見いだせなくなったら、市場に通える距離の築地か豊洲にでも引っ越したいと、本気で思い始めた。

三十一歳の初体験 10

トランポリンエクササイズ

「ウワーーー!!」
スパルタ風の雄叫びをあげた

トランポリンエクササイズをやってみないかと担当編集者から提案された。海外から入ってきた新しい有酸素運動はだいたい、キツい運動に耐える根性のない、流行り物好きの軟弱者がやるという思い込みが僕にはある。だって、体型を変えるには、辛い筋力トレーニングや時間をとられるジョギング、自制心との闘いである食事制限をきっちり行うしかないだろう。それでもまあ試しにと、やってみることにした。

『jump one』銀座店を訪れた。時間帯の関係により、中級の脂肪燃焼クラスを受けることになっている。ただその前に、女性のインストラクターＭＩＯＮＡ先生より特別に事前レクチャーを受ける。

窓のない暗いスタジオにずらっと並べられた一人用トランポリンには、バーがついている。そこでぴょんぴょん高く飛んで得意になってすぐ、先生から、頭の高さを変えないようにと言われた。腹でひざを上げるようにするのがコツらしい。

やってみると、腹にくる。足を開いたり、閉じたり、他いくつかの基本フォームを十数分ほど習い終えた頃、呼吸が荒くなっていた。しかし週に二度ほど、自宅で懸垂、スクワット、腕立て伏せをやっている自分は体力にそれなりの自信はあり、有酸素運動こそやっていないものの、筋肉の持久力でどうにか切り抜けられるのではないかと思う。

「こういったエクササイズはアメリカ発祥が多いのですが、トランポリンエクササイズの発祥地はチェコです。ひざに負担がかからないため、ご年配の女性なんかにも人気です」

広報担当の女性が教えてくれる。一コマ四五分間、休憩なしで行われるという。十数人の、主に女性ばかりのレッスン生たちがそろうと、部屋の照明が暗くしぼられ、海外のEDMが流れ始めた。選曲、音量の大きさや、球体型の光源から放射状に放たれるビーム光線からして、もろにクラブだ。

「ショウミー、○×△」

MIONA先生が、英語混じりでヘッドセットに声をのせる。なんだかわからないうちに、基本フォームでのジャンプが始まった。

僕は最前列に陣取り、相対する先生の動きをなんとか真似る。隣の女性や、鏡に映るその他のレッスン生たちに負けたくないと、過剰にひざをもちあげる。

「メークサムノーイズ！」

先生が英語でゴニョゴニョ言った後、生徒たちが「イェーッ！」と声を出して続いた。僕は周りをキョロキョロ見回し、無言でやりすごしてしまった。

曲と曲のつなぎめに、呼吸を整えたり水を飲んだりする時間が設けられる。体温が上がり、水をがぶがぶ飲みながら、またジャンプを再開すると、何回目かの休憩あけに、飲み過ぎた水が気管に入りそうになり、むせた。ゲホゲホ言いながらジャンプを再開した頃から、徐々にリズムにあわせられなくなってきた。

曲や、先生の手本のリズムにあわせてジャンプをするのが、難しい。鏡越しに見ると、自分以外にも数人いる男性たちは、リズムをあわせるのに苦労しているようだった。体重があるからだろうか。そんな男性たちに対し、「思ったより動きが鈍いな」とか「ひざがちゃんと上がっていないんじゃないの?」と最初の頃は思っていた僕だったが、時間が経ってもフォームやリズムがそれほど崩れない彼らを見ていて、やがて気づいた。皆、四五分間でどうやりきるかのペース配分がちゃんとできている。なめられたくないと、はじめからとばし気味だった僕は、段々とひざを上げられなくなってきていた。

しんどい。懸垂等のトレーニングを日頃やっているから僕はなんとか耐えられるものの、同行していた編集者やカメラマンがやっていたら、間違いなく吐いていると思う。すると先生が再び、

「メークサムノーイズ、×※□」

きたか、と思った僕は疲れながらも丹田に気を集中させ、

「ウワ――――――‼」

と、他の客たちの「イェーイ!」をかき消す大声というか雄叫びを出した。そしてすぐ、場違いだと自覚した。これではクラブのコール&レスポンスではなく、士気を上げるスパルタの

兵士みたいだ。

　でも、なんか楽しい。どんどんフォームは崩れてくるが、その次の機会でも、「ウワ――――!!」とスパルタ風の雄叫びをあげ、なんとか四五分を耐え抜いた。

　とにかく暑かった。そして疲れた。家に帰り夜になっても、脂肪が燃え続けているような熱っぽさを感じる。

　翌日、足の親指の付け根が痛くなっていた。最近魚介類ばかり大量に食べていたから、ついに痛風になってしまったのかとショックを受けた。しかしすぐに、トランポリンで疲弊させただけだろうということに、気づいた。

三十一歳の初体験 11

ミュージカル出演

「私が羽田さんとつきあったら
二〇歳差か……」

八月半ばにミュージカルに出演した。脚本と作曲も務めるプロデューサーの方よりご依頼いただき、面白そうだからと引き受けた。『スコア！』というオリジナル作品は十数人登場する子役たちがメインで、大人キャストは僕を含め五人だけだ。ストーリーは、天才数学少年アルゴと天才作曲少女カノンが、親から自分の価値観を押しつけられ嫌気がさすが、また好きなものを見つけてゆく、というものだ。天才数学少年アルゴに対し家業の病院を継げと言う嫌な父親ルート役に、今回僕が選ばれた。

子役たちはもう六月くらいから稽古を始めていて、僕ら大人は七月半ばにようやく顔合わせをした。そこから約一ヶ月間は、稽古場に通い詰める日々。それが自分にとっては新鮮で仕方なかった。まず、一四年やっている小説家の仕事は、編集者とたまに打ち合わせることはあっても基本的に、一人で黙々とやる仕事だ。特に純文学作家は締め切りも設定せず完成したら掲載、というふうに、自分の好きなペースでやらせてもらえる場合がほとんど。芥川賞を受賞して以降の二年間でやってきた仕事も、講演会は頭の中の原稿を読む一人の仕事だ。テレビ収録やイベントでの仕事は、練習を必要としない、その場限りでの一期一会のものだ。日本橋三越劇場での四日間七回公演のために、一ヶ月間みっちり稽古して作り上げる、なんていうことは、したことがなかった。

椅子に座りながら皆でひたすら台本のセリフを読んでゆく、台本読み合わせを初日にやったのだが、どう読んでいいかわからない。他の大人四人はプロだから各々のキャラクター解釈で既に読み方にそれぞれの色があるし、子役たちは先に稽古を始めているからけっこう出来上がっている。緊張しながら読んだ僕の声は、棒読みだった。

次の日から、シーンごとの稽古が始まった。僕はてっきり、いつまでにこのシーンのセリフを覚えてきてください、という課題が日々出されるのかと思っていたが、特にそういうのはないらしい。人によって覚えてきたり、台本を持ちながらだったりと、バラバラだった。僕はけっこう長い間、台本を持ちながら自分の登場シーンの稽古をしていた。

歌の稽古もある。一九歳の頃よりボイストレーニングに通い始め、今は二ヶ月に一回習っているだけで現状維持しか考えておらずモチベーションも低かったが、新しく出会った先生から弱点を指摘されると、自分が否定されるような気さえした。とにかく舌根《ぜっこん》が硬い。ミュージカルはセリフの子音がはっきりと聞こえることが大事なので、サ行なんかを強調して前に飛ばすようにしたほうがいい云々。そう、声楽的な練習ばかりをしてきた自分は本番を経験したことがあまりなくひたすらマイクなしの練習のみだったので、練習のための練習、になっていたのだ。今時、人前で歌を披露するときは、マイクを使う場合がほとんどだ。マイクを利用すれば声量はそれほど必要ないのだから、他のことを優先させたほうがいい。舌根が硬いというような指摘はそれまでにも何度かされてきてはいたが、別の人から違う言い方をされないと、感覚的に気づけなかった。

　歌よりも、全然馴染みのない演技のほうがもっと大変だ。僕がプロデューサーに、「あまり練習しなくてもできる、セリフが少ない役ならやります」と言ったせいか、登場シーンとセリフは少ないのだがそのかわり、立ち居振る舞いや表情で語らなくてはならない場面が多くなった。いきなり、演技派みたいなことをやるってことか？　当然難しく、演出家や他の役者陣から、色々と指摘してもらった。高圧的なセリフを口にしているにもかかわらず、僕の立ち姿がどこか臆してしまっている。「背の高い男性に多い猫背気味の姿勢なのよね」「そうっすか？」と、そばに立つ女性演出家からのアドバイスを聞こうと耳を寄せる僕の背は、その時点で猫背になっていた。そういったふうに、今までどんなふうに生活してきたかが、演技の根幹的なところに露《あらわ》れるのだ。

「もっと自然に」

　そう言われ、キャラクターからも離れ素の自分のような自然さで振る舞えば、「自然じゃない」と言われる。色々試しても駄目で、やがて作為的に色々考えながらやってみると、まわりから「自然でいい！」と言われる。それをやっている自分にとっては全然〝自然〟ではないのに。演技の難しさを知った。

　ある日稽古が終わった後、妻役の水野貴以さんと子供役の二人と〝家族会〟と称し、チェーンのイタリア料理店へ行った。水野さんからの提案だったが、なるほど、稽古場から離れて親しくすることで役作りの糧にするとは、なんだかプロっぽい。アルゴ役の男子二人は中学生で、話を聞いているうちに、二人とも既に何度も舞台経験済みだとわかった。

「あの現場は○○だった」

段々と口が滑らかになりそんなベテランっぽいことまで言い出し、『アニー』に一〇歳で出演して以来のベテラン女優水野さんと業界人っぽい話で盛り上がっている。男子二人は段々と水野さんとばかり話すようになり、共通言語をもたない僕は、パスタやピザを食べまくり、六〇〇〇円ぽっちの食事代を払った。まあ、僕が演じるルートという父親役は、息子のアルゴをとにかく病院の跡取りにさせようと躍起で、そのための教育は妻に任せきりという嫌みな人物だから、没干渉でなんでも金で解決、というのはとても役にあっている。結果的に、なんかちゃんと役作りができたっぽい。

やがて八月一七日、三越劇場にて本番初日を迎えた。無事に初日を終え、二日目、三日目と迎える。朝最寄り駅まで電車で行き、牛丼チェーン店で牛丼弁当を買い三越に入る、というリズムが出来上がっていた。

三日目の夜公演を、母が友人と急きょ見に来た。楽屋挨拶の折、母は友人に「写真撮らなくていいの?」と、息子からしたら恥ずかしい提案をした。しかし狭い廊下での撮影がうまくいかない。すると、週刊女性の担当編集者とカメラマンの姿を見つけたため、カメラマンにスマートフォンを渡し撮ってもらった。その後、母たちと話している間、カメラマンの一眼レフカメラで何枚か撮られているのに気づいた。

「ウチの母の写真は絶対NGでお願いします」

と僕が言うと、

「え、お母さんは雑誌に出るの大丈夫だけど？」

さらには、

「今度、お母さんも舞台に出ちゃおうかしら」

とぬかす始末だ。

二〇日の千秋楽を迎える頃には、楽屋へ小学生の女子たちが平気で遊びに来るようになっていた。僕としては、空き時間があったら寝て声帯を休めたいのに、雑魚寝している僕のそばで少女たち数人が気軽に話しかけてくる。

「羽田さんは、どんな女の人が好みなんですか？」

「私が羽田さんとつきあったら、二〇歳差か……でも、私が二〇歳で、羽田さんが四〇歳になったら、そんなにおかしくないか」

「男の子にしては身体柔らかいですね」

もう、寝かせてくれよぉ……。しかし僕より出番が多く声帯を酷使する彼女たちに対し、出て行ってくれとも言いづらい。

この日、千秋楽の昼公演で僕は、演技プランを変えた。妻役の水野さんとのやりとりをする最後のシーンで、それまでは打っても響かぬ仏頂面を押し通していたのだが、歌の後半から、笑顔になってみたのだ。僕にとって、笑顔は怖い。自分の弱さを隠すための胡散臭いものに見えるからだ。『バットマン』のジョーカーみたいに狂気じみた感じでやった結果、終演後、演出家の方が水野さんをものすごく心配していた。僕は気づかなかったが、水野さんは途中から、僕の笑顔を見て、役を超えて自分が本当に嫌われているように感じて、歌えなくなってしまったのだという。もちろん普通の人が気づかない程度にはちゃんと歌われていたはずだ。僕はそれに気づかず、「新しいやり方で演じてやるぞ」というワクワク感でいっぱいだったのだが、僕や水野さんの変化に気づく演出家の目、そして役に入り込み精神的な影響まで受けてしまう水野さんの資質は凄いと感じた。

最終公演後、皆で一人一人感想を言う時、子役たちが泣きだした。北の将軍様が死んだみたいな本当に大袈裟な泣き方で、僕を含め大人たちは笑ってしまっていたが、子役たちが泣く理由を理解してもいた。数ヶ月間にわたり、厳しい指導を受けながら共に一つの舞台を作り上げてきた仲間たちと今日でお別れになるだなんて、分類不能の涙もこみ上げてくるだろう。業者の人たちが舞台セットを解体してゆく騒音の中、まるで感情が崩壊したかのような十数人の泣き声が、閉館した館内に響き続けた。

三十一歳の初体験 12

十二単を着る

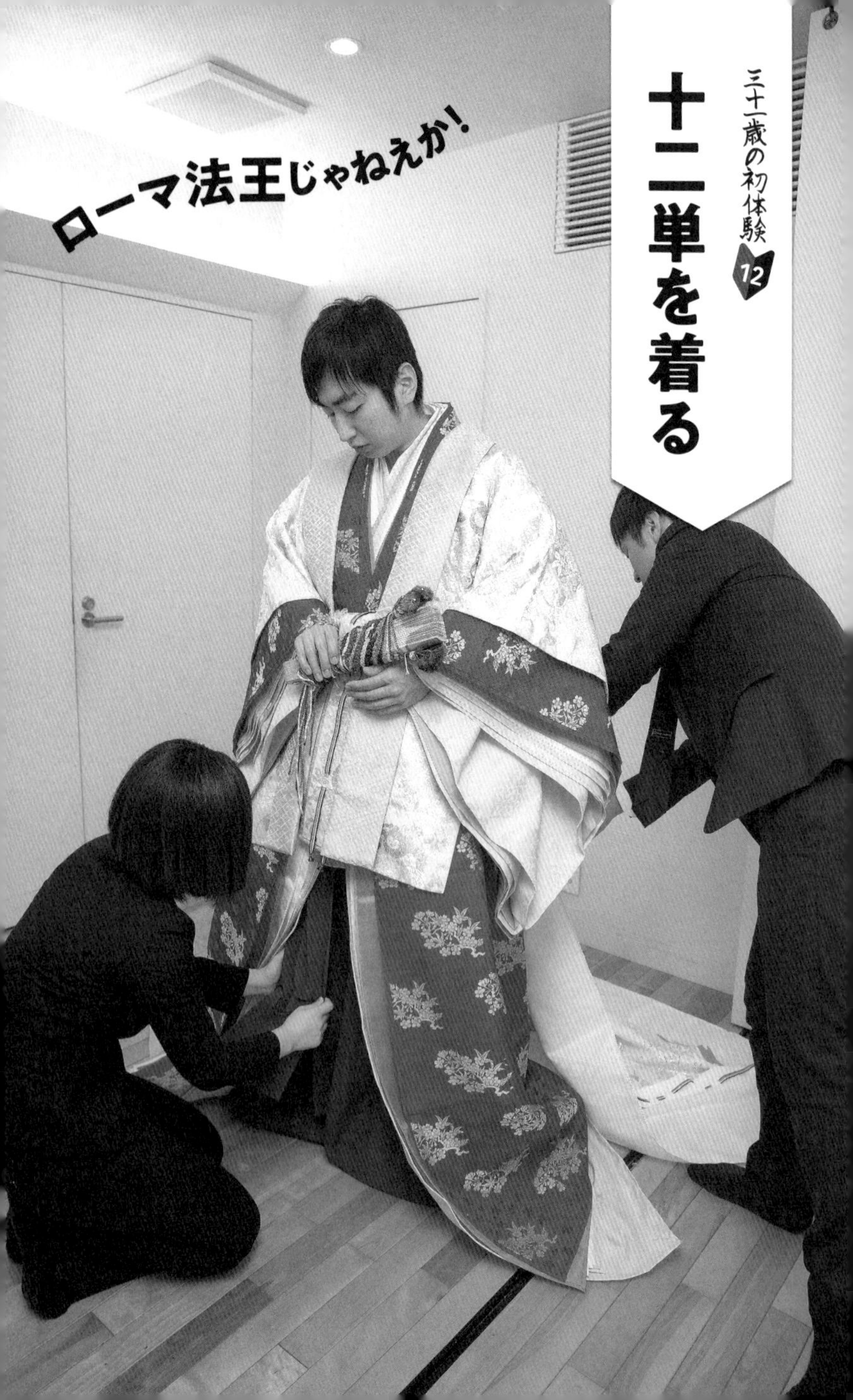

ローマ法王じゃねえか!

着物の着付けを体験しないかと担当編集者から訊かれた。なんでも、男性用の着物だけでなく、女性用の十二単《じゅうにひとえ》も着られるという。十二単を着ることにした。

準備がなされている部屋に通されると、カラフルな布が沢山用意されていた。黒いスーツを着た男性と女性がいて、男性は、『原良子美容室』の代表取締役社長であり〝後衣紋者《うしろえもんじゃ》〟である國見さん、女性は〝前衣紋者《まええもんじゃ》〟の栗原さん。前後に分かれて阿吽《あうん》の呼吸で着付けを行うのだという。

皇族の方が着られるときは、最短一五分で揺らさず手早く、膝立ち以上に立ちあがらないようにして行うとのこと。洗った手のひらは上に向けたまま礼、終わりの挨拶でようやくその手を床につける。

「下着に着替えてください」

僕がその場ですぐ服を脱ごうとすると、後衣紋者の國見さん以外、部屋から出て行った。白い足袋と長袴を着てから、外に出た人たちを呼ぶ。鏡で見る自分の白い格好は、これから切腹する人みたいだ。

「それでは、そちらに立ってください」

汚れないよう大きな紙が敷かれた上に、なにやらある程度立体的に折り曲げられた布が置かれている。その上に立つと、上まで上げられ、着付けが始まった。

両腕を四五度くらいに開いた状態で、突っ立っているだけでいい。ものすごく細かくて面倒くさい作業をしたり、激しい運動といった取材体験と全然違う。皇族の方がやってもらうのと同じことを体験しているのだから、当然か。基本的に、僕がなにもしない間に、まわりの人たちが全部やってくれる。至れり尽くせりだ。

「これ、結婚式で一般人がレンタルで着る場合、いくらするんですか？」

「おおよそ七〇万円です」

「……買ったら、いくらですか？」

「物にもよりますが、外車が買えるくらいの値段からですね」

最低でも五〇〇万円、ということだろうか。

五衣を着終わった段階で、五つの布の襟を一つの重ね方に揃える「ときあわせ」という作業をはさむ。ときあわせが綺麗にできないと、その後布を重ねていっても、汚くなってしまう。なるほど、十二単というからには、最初のほうの段階で少しでも崩れると、駄目なのだ。

布を重ねるにつれ、四五度の角度を維持する両腕も段々と疲れてきた。

「これやっぱ、昔のほうが、重かったんですか？」

「いいえ。平安時代は絹の糸が細かったため重量は五キロほどだったのですが、今は刺繍などで重くなり、二〇キロです」

それは意外だった。綿入りの重い掛け布団から羽毛や化繊の軽い掛け布団というように、昔よりも現代のほうが軽くなっていると思っていたが、反対だった。

「男の僕でこれくらい疲れるということは、華奢《きゃしゃ》な女性とかだったらかなりしんどいんじゃないですか?」

「そんなことないみたいです。映画『ちはやふる』で着付けをさせていただいた広瀬すずさんや上白石萌音さんなんか、キャッキャと喜んでいらっしゃいました」

「上白石さん……? あ、明日、番組の収録でお会いします」

「そうですか。ぜひよろしくお伝えください」

十二単の正式名称は、五衣唐衣裳(いつつぎぬ・からぎぬ・も)といい、着る順番を表している。

「なにが難しいですか?」

「集中力を保つことです」

僕からの問いに、國見さんはそう答えた。

着付けが終わり、胸元から下の自分の格好を見て、その整った襟の綺麗さや彩りに、心が高揚した。扇子まで持たせてもらい、鏡の前にまで移動する。そこに映った己の姿を見て、思わず大声が出た。

「ローマ法王じゃねえか！」

白色の唐衣の内側が金色がかっていることと、女性と異なり恰幅の良い自分が着ていることもあり、和風な感じより、バチカンっぽいというか、半分くらい西欧風に仕上がっていた。

でもやはり、非日常的な彩りはかわいいし、女性たちが喜ぶ気持ちもわかる。

「肩幅がおありなので、襟を綺麗に出しやすかったです」

國見さんの言葉のとおり、大柄な人間が着るほど、やりやすいのだろう。女性だと肩幅が狭いから、襟の重ね目を綺麗に出すにも腕がいる。

脱ぐときは一瞬だ。腰の紐をゆわき、自分だけ抜け出す。するとそこには、自分の抜け殻が残されているかの如く、脱いだばかりの十二単が立体的に座っていた。まさに空蝉《うつせみ》。

翌日、テレビ東京『どうぶつピース‼』の収録で、埼玉県のスタジオへ足を運んだ。そこにはブリティッシュ・ショートヘアの子猫ちゃんやその他たくさんの猫や犬がいて、ベッドの上でスコティッシュフォールドの子猫と戯れるブリちゃんに対し「かわい〜」と夢中になって遊んでいたら、後ろから声をかけられた。

「初めまして、上白石萌音です。よろしくお願いします」

「あ……どうも、羽田です、よろしくお願いします」

「突然すみません、お楽しみ中に……」

ひと回りも年下の女の子に、気を遣われた。その後始まった収録中もずっと手元に犬や猫を抱きかかえた状態で気をとられ、結局、十二単の着付け体験をしたことを、上白石さんに話しそびれた。

三十一歳の初体験 13

高地トレーニング

偏執狂的な愛情をみせる人が好き

高地トレーニングというものを紹介された。本当に高地に行って走ったりするのではなく、富士山五合目に相当する、平地の約八五％の酸素濃度の空間内でトレーニングをするジムがあるというのだ。編集部とPR会社に案内されるまま、自転車で数キロ走り現地へ向かった。

ジムのスタッフの方々や、ジム運営元の広報もやっているスーツ姿の男性にも挨拶し、本日の担当トレーナー山田さんを紹介される。筋骨隆々の巨漢で、ユニフォームの袖から丸太のような腕が露出しており、気をつけの姿勢をしても筋肉がありすぎて腕を真下に下ろせていないほどだ。

トレーニングウェアに着替え、体組成計に乗り体重と体脂肪率を計ったあと、SP02計という赤外線で指先の血中濃度を測る機械で、体内の酸素濃度を測定する。平常値の九六％だった。

「まず、もも上げと、高速スクワットを三〇秒ずつやりましょう」

山田さんが手本を見せてくれるのにあわせ、激しい有酸素運動に身を投じる。直後に心拍数をチェックすると一一五まで上がっており、体内酸素濃度は九四％だった。激しい運動をしたにもかかわらず、体内酸素濃度は二％しか下がっていなかった。

「それでは、こちらへ。引き戸の開閉は早めにお願い致します」

山田さんに案内され、ガラス張りの部屋に入る。引き戸を開ける際、空間の内外で空気圧でも違うのか、プシューという音が鳴った。エアロバイクやランニングマシンが合計三台置かれている。自分が通っているジムに置かれているのと同じエアロバイクがあり、効果の違いを実感しやすくするべく、それを選んだ。他の理由としては、以前やったトランポリンエクササイズがしんどすぎたため、こういうちょっと変わった有酸素トレーニングをなめてはいけないという教訓がある。ランニングよりバイクのほうが楽だ。

こぎ出したエアロバイクの負荷を、山田さんがボタン操作で変えてゆく。いつもジムでは「10」以上の負荷でやるのだが、山田さんは「5」くらいにしかしてくれない。前方にあるモニターには、僕の胸と腕につけている心拍計から送信された心拍数データがリアルタイムで表示されている。

思ったよりしんどくないな、楽勝だなと余裕でペダルを漕ぎながら、山田さんや広報の方から話を聞く。低酸素空間では体内の酸素が少なくなるため、体内でのいくつかの生理現象を経た後、血中の赤血球が増える。すると、身体の酸素運搬能力が高まる。活動に使える酸素が増えるため、最大運動量・強度が向上し、疲れにくくなる。高地トレーニングでそのような状態にまでもっていくと、平地環境に戻っても数日間はこの状態が持続する。運動翌日をピークに、細胞活性化の状態が四日間持続し、カロリーを消費し続けるのだという。体感としては、軽度な運動を行うだけなので辛いという感覚はないが、細胞レベルで、心肺機能や血管には相応の負担がかかるらしい。つまり、自覚なきままやり過ぎてしまうと、危険なのだ。

バイクを五分漕いだ時点で体内血中酸素濃度を測ってみるが、たいして下がっていない。年齢別、最大心拍数に対する現在の心拍数の割合を示した数値は、八七%。

「これほどの運動強度のわりに、あまり血中酸素濃度が下がっていませんね。日頃、結構有酸素運動とかやられてるんですか？」

「いえ、有酸素は全然やっていないです。昨日も行ってきたんですが、もっぱらジムでフリーウェイトとかしかやっていないです」

「あ、そうなんですね」

トレーニング時間は三〇分というふうに制限されているが、やることといえば心拍数を気にしながらペダルを漕ぐだけなので、話す時間はある。

「羽田さん、汗がすごいですね」

カメラマンに指摘されて、スポーツ刈りの自分の頭に大量の汗が浮かんでいることに気づいた。自覚がなかった。なにせ、エアロバイクの負荷はたったの「5」で、運動習慣のない女性がやるものだと思っていたほどの軽い負荷で、こんなに汗をかくとは思っていなかった。それほど、体内に負荷はかかっているということなのだろうか。

「八二%から無酸素運動レベルになるので、もう羽田さんの負荷はアスリートがかける負荷と同じレベルですよ」

山田さんに言われるも、運動は全然きつく感じない。

「私も前に、これやらされましたよ……」

ひどい経験をさせられた、と嘆くような口調で、スーツ姿の広報男性がつぶやき、編集者たちがうなずいている。

「あまり練習していないというのもあるんですが、ベンチプレスが、なかなか上達しないんですよね。二ヶ月前からジムに通いだして、六〇キロで始めて未だに六〇キロ一〇回、五五キロ一〇回、五〇キロ一〇回の三セットで。スクワットはどんどんウェイト重くして上達してるんですけど、ベンチプレスがどうも……」

時間があるので、筋肉ダルマのごとき体型の山田さんに訊いてみた。

「ベンチプレスでウェイトを上げるには、背中を鍛えるといいですよ。あと、〇×▽って、やってます？」

「いいえ。あ、でも、ジムでやってる人がいる、あれですかね」

「要は、引く動作のトレーニングですけど、あれで追い込みをかけパンプアップさせると、ベンチもうまくなります」

「そうなんですか！」

筋肉談義が、段々と盛り上がってくる。

「ゴールドジムの、東京全店が使える会員になるのがおすすめですよ。店舗によって置かれているマシンが違っていて、とある店舗にしかないマシンなんかもありますから」

「あ、そうすか」

「自分は、週六で鍛えています。毎日違う部位を鍛えるので、一週間以内で同じ部位を鍛えることはありません」

そこで女性編集者が、「だからそんなにすごい身体なんですね」みたいな褒め言葉を口にしたが、山田さんは顔を横に振る。

「私なんて、まだまだです。上には上がいます。※※※さんのセミナーなんかも毎回、最前列で受講してます」

そうこう話しているうちに、終わりが近づいてゆく。運動強度を弱めにしたりしつつ、随時血中酸素濃度を測る。運動終了後、それほど疲労は感じていなかったが、血中酸素濃度はかなり低くなっていた。通常の酸素濃度でのもも上げとスクワットではたいして下がらなかったにもかかわらず、低酸素空間内で三〇分運動しただけで、かなり下がった。

「もしよかったら、上半身の追い込みのトレーニングも、やっていかれますか?」

「え、お願いしてもいいですか?」

低酸素の空間から出て、ウェイトトレーニングのマシンが置かれているエリアへ足を踏み入れる。マシンは一通りそろっていて、ジムの中で低酸素空間は、あくまでも全体の中の一部でしかなかったことを知る。片足を大きく前に踏み込んだ姿勢でワイヤーを引っ張るトレーニングは、かなり辛かった。

「じゃあ、まだやられていないインクラインベンチプレスで、胸の上のほうを追い込んでみませんか？」

「はい！」

傾きのあるベンチに座り、斜め上の方向にバーベルを上げるトレーニングは、滅茶苦茶苦しい。

「ぐぬぬ……うーん」

「はい、まだいける！」

一〇回ずつやる三セット目では、はじめからうめき声が漏れてしまうほどの辛さだ。以前、仕事でライザップに通ったことがあるが、それ以来の久々のパーソナルトレーニングだ。普段僕が見せない苦しそうな顔や声を編集者たちは珍しがり、広報やＰＲ会社の人たちも笑っている。真剣なのは、僕と山田さんだけだ。

「はい、ラスト！」

「ぎぃぃぃぃ……」

なんとか最後までやりきり、床へと崩れ落ちる。自分一人で、自分で設けた限界を追い求めるいつものトレーニングとは異なる。パーソナルトレーナーという他人のほうが、僕の筋肉に厳しい。ただ、トレーナー山田さんが設定してくれた負荷を、僕はぎりぎりのところでやりきることができた。適切な負荷を設定してくれる客観性を、トレーナーはもっている。

「もう、終わったかな」

広報の男性が、少し呆れたような口調で言う。シャワーを浴びながら僕は、経営する側と現場は違うのだと思った。経営者がアイディアを思いつき、人工的な高地トレーニングというものを取り入れたとしても、それはただ取り入れただけに過ぎない。経営者に雇われた熟練トレーナーたちのほうが、身体鍛錬の本質を知っている。つまりはどんなに新しいものを取り入れても、身体鍛錬を愛している現場のトレーナーがいないと、そのジムは機能しないのだ。

シャワーから出ても山田さんは、ゴールドジムの東京全店舗の会員になることをすすめてくれる。筋肉に対するその偏愛や純粋さを、僕は美しいと思った。だって、自身が勤務する最新鋭設備のジムの取材に来た僕らに対し、余所のジムをすすめてしまうなんて！　ぶっちゃけた話、山田さんから教わった上半身の追い込み方のほうが頭に残っていて、低酸素空間での高地トレーニングの印象は僕の中で薄くなってしまった。

自宅までの数キロの道をロードレーサーで帰りながら、思う。自分はなにかに偏執狂的な愛情をみせる人が好きで、小説の主人公として描いたりもする。帰宅すると、お腹が空いていたのか、焼いた魚やごはんをバクバク食べてしまった。

毎朝体組成計にのっているが、高地トレーニング後の数日間で体重は増えた。食事の制限をしなかったからかもしれない。いずれにせよ、一度通っただけでは、高地トレーニングの効果があるのかどうかはわからない。しかしながら、山田さんという筋肉に対する愛を見せる熟練トレーナーがいる限り、あのジムは素晴らしいジムであり続けるのだと思う。むしろ、低酸素空間という最新鋭の設備は不要で、山田さんのようなトレーナーこそが、大事なのではないかと思った。

市ヶ谷の釣り堀

ジェルネイル

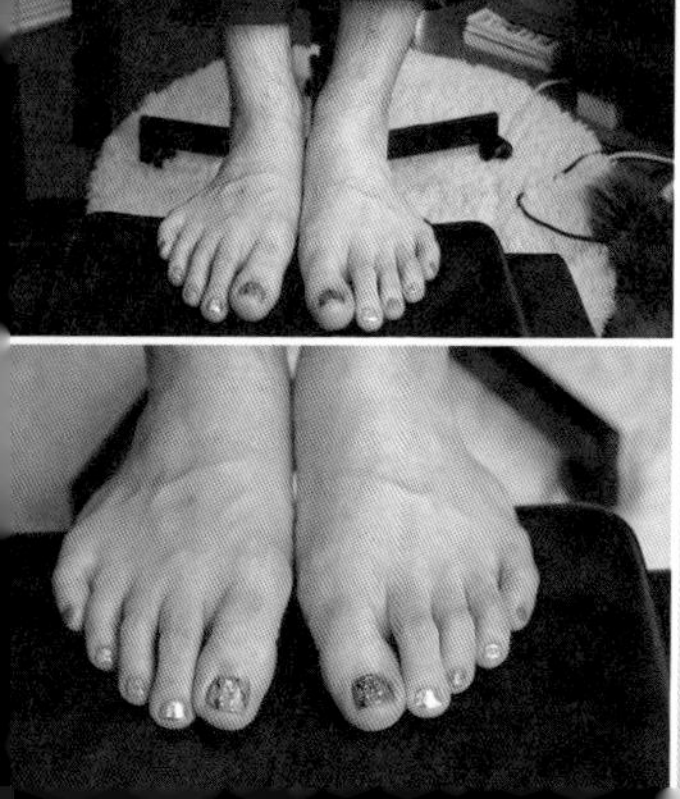

ふくろうカフェ

アイロンビーズ

トランポリンエクササイズ

築地市場で買い物

十二単を着る

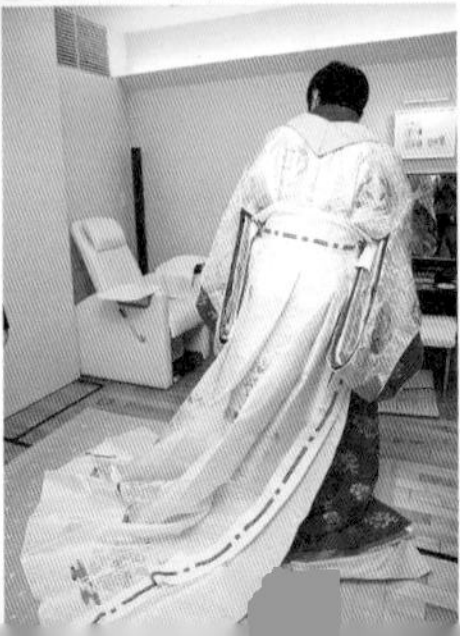

三十二歳の
初体験

三十二歳の初体験 14

クリスマスケーキ作り

役に立ったぞ
文芸誌！

芥川賞を受賞する前は、お金がないし、人ともさほど会わないしで、しょっぱいものしか食べてこなかった。納豆や鶏肉がメインの、ものすごく健康的な食生活を送っていた。

それが今は、人と会う機会が増え、仕事先や、読者の方から色々なお菓子の差し入れをもらうようになった。

「甘い物が、お口にあうか、わかりませんが……」

仕事相手からお菓子を受け取る際、僕は首を横に振る。

「いや、甘い物、むしゃむしゃ食べちゃうんで！　健康のために自分では買わないようにしていますが」

そう、自分は、甘い物が好きな人間なのだ。

全国の最先端のお菓子を食べ続けていると、舌が肥えてきて、お菓子好きな人たちの会話に入っていけるほど、詳しくなってしまった。ラーメン屋にしか行かない多くの男たちはフィナンシェとかいうお菓子の名前や、『ハーブス』とか『アオキサダハル』等デパートにもあるメジャーな店の名前すら知らないと思う。僕だって以前は、幼児期から自分の誕生祝いに家族で食べてきた『トップス』のチョコレートケーキしか知らなかったし。

流行最先端のケーキをここ二年半ほどで食べまくった僕だが、シンプルなショートケーキを、長らく食べていないなと思った。クリスマスも近いし、作ってみることにした。

朝九時半に、編集者とカメラマンとスーパーの前で待ち合わせ、食材を買う。レシピ本の材料リストに従い、薄力粉等基本の材料をカゴに入れてゆく。そして初のケーキ作りにして、僕はアレンジを加えようとしていた。ケーキの上面を、サンタクロースの顔にすればいいんじゃないか。ついでに、中には果物も色々入れて、フルーツケーキみたいにしちゃおう。いちご二パックに、キウイ、白桃とラフランス、みかんの缶詰も選び、会計を済ませ驚いた。材料費だけで約六〇〇〇円。ショートケーキ一ホールを高級店で買えてしまう値段だ。

自分が住んでいる賃貸マンションに二人を招き入れ、キッチンで準備を始める。ふるい器など、家にない道具は編集者に持ってきてもらった。ちなみに編集者は、道具を持っていることからも、お菓子作りのベテランだ。

「このレシピをよく読んでくださいね」

渡されたレシピを読むにつれ、自分はなかなかに面倒くさいことに首を突っ込んでしまったのだと気づいた。大別して、スポンジ作り、生クリーム作り、デコレーションという過程に分けられる。

黒いお気に入りのニットに着替えて、早速スポンジ作りにとりかかろうとしたところで、編集者から注意された。

「それ、絶対に汚れますよ。汚れてもいい服のほうがいいと思います」

というわけで、以前テレビ番組で作ってもらった、自著『スクラップ・アンド・ビルド』の装丁画がデザインされたエプロンを着てとりかかる。

クッキーを作ったことは何回もあるが、その際、薄力粉をふるい器にかけたことはなかった。ざるで適当にふるった程度だ。しかしトリガーでカシャカシャするタイプのふるい器に通すと、薄力粉が空気を含んだような感じになっていることに気づいた。きちんと道具を揃えることは大事なのだ。

「てきぱき作らないと、失敗する確率が高くなります」

そう、そのことはクッキーやホットケーキ作りを通し、僕もなんとなく知っている。お菓子作りでは、糖分や塩分濃度、温度管理が、膨らませたり固めたりという材料の化学的変化に大きく影響するからだ。一七〇度に温めておいたオーブンに生地を入れ加熱したところで、一息つく。

三人とも朝からなにも食べていなかったので、昨夜大量に作ったビーフシチューを、編集者とカメラマンにふるまい、自分も台所で立ちながら食べる。ケーキに比べれば、材料を切って圧力鍋にぶち込み火にかけるだけのビーフシチュー作りなんか、ものすごく簡単だ。

生地の焼きあがりを待つ間に生クリーム作りにとりかかる。ボールの底に氷水をあてて生クリームを泡立てた。途中で、口の中にビーフシチューの味が残っているのが気になり、アッサムティーを入れる。右手でハンドミキサー、左手に瞬間湯沸かし器を持ち、同時に行う。すると、繁盛しているカフェのオーナーみたいな感じになった。

生クリーム作りの過程での説明文で、「泡立て器ですくった時に、角が立っておじぎをするくらいが七分立ての目安」という表現があり、その通りに作る。レシピ本の文章が優れていると思った。お菓子作りは化学的な工程が多いが、繊細なニュアンスを伝達しなければならない部分もある。その直感的な伝え方が上手い。おかげで、七分立てと八分立ての硬さが異なる二種類のクリームをうまく作れた。

デコレーションの前に、スポンジを切る。失敗せずにふっくらと型と同じ高さにまで焼き上がったので、三段に切り分けることができる。ここで、ルーラーという道具を使い厚みを均一に切るのがベストだと知るが、そんなものはない。家の中を探し、毎月送られてくる文芸誌数冊を持ってきた。定規で測り、一・五センチほどの厚みであった『すばる』と『文学界』の二冊を、ルーラー代わりにケーキの両端に置く。文芸誌の上におしつけながらナイフを滑らせると、スポンジを綺麗に三枚に分けることができた。役に立ったぞ、文芸誌！

トッピングでは、まず下段にクリームを塗り、キウイや白桃を多めにのせてゆく。二段目にはいちごを多めにする。三段目の生地をのせ、ケーキの回転台をまわしながらパレットナイフでクリームを塗ってゆく様は、今の僕の頭がスポーツ刈りということもあり、さながら珪藻土《けいそうど》を塗る左官職人の如き様相を呈していたようだ。

サンタクロースの顔作りでは、帽子と鼻の部分にいちごを配置した。絞り袋にクリームを入れた際、四種類の口金を試し、最も適していた口金で前髪と髭を描いた。内側までクリームをひいてしまい、顔のパーツがかなり内に寄った『地獄のミサワ』みたいなサンタになったが、湯煎で溶かしたデコレーション用チョコで大きめの口を書くと、大らかな顔に近づいた。皿にもピンクのチョコレートで「クリスマス」「羽田圭介」とデコレーションする。チョコレートでサインを書くのは、初めてだ。

ケーキが完成した時には、午後三時を回っていた。三人で食べる。中のスポンジやトッピングに関しては、巷の人気店のケーキのほうがおいしいが、きめ細やかでありながら弾力があり、甘さも控えめなクリームに関しては、並のお店のショートケーキよりおいしかった。繊細なニュアンスの表現方法がうまかったレシピ本のおかげだと思う。料理の腕はあっても文章能力のない人が書いた『クックパッド』のレシピを見ても、同じようには作れない。

それにしても、買い出しも含め五時間半、材料費も六〇〇〇円かかったことから、店で売られているケーキはお買い得なのだと思い知らされた。

三十二歳の初体験 15

料理専門の家事代行

命尽きるまで
戦う戦士のようだ

普段外食をせず、もっぱら家で食べている。最近のローテーションは、三分づきの米に麦を混ぜたものを主食として、朝は焼き肉のたれで焼いた牛肉や豚肉、昼はサーモンや寒ブリの刺身、夜は生卵と納豆としらす、だ。同じものを食べ続けても平気な体質だが、さすがに飽きたりもする。かといって外食は、食事の度に出かけるのが面倒だし、値段もカロリーも高い。自分に料理の腕前があれば、ヘルシーメニューを手早く作って家で食べられるのだが。

試しに、家事代行を頼んでみることにした。それも料理専門の。朝九時に、『株式会社タスカジ』の役員と、実際に料理を作ってくれる「たーちゃん」さん、編集者とカメラマンが我が家へやって来た。制限時間三時間内に、色々と作ってもらう。

前日のうちに、肉屋と魚屋とスーパーをはしごし、約六五〇〇円分の材料を買っておいた。冷凍庫の中にも、使い道を見つけられないでいたブロック肉等があり、それらを含めて八〇〇〇円弱の食材となる。自分の母親と同い年ぐらいに見受けられるたーちゃんさんは、それらの食材をまず、キッチン台の上に全部出す。次に、家の中にどういった調味料や調理器具があるのかを確認し、三つの鍋でお湯を沸かし始める。

「いつもとりあえず、お湯を沸かすんです」

なんとこの段階では、なにを作るかはっきりとは考えていないという。炒めたり焼いたりの調理工程を行わないのは、油を使う料理をすると調理器具を洗う手間が増え、時間のロスになるからとのことだ。ブロッコリーを切って茹でたりと、とにかく野菜を切っては茹でる、もしくはキャベツやじゃがいもをレンジでチンしたりする工程がしばらく続く。

普通の家事代行だと、事前になにを食べたいか希望を伝えておく必要があったり、希望がなくとも、代行業者から、用意しておくべき食材を指定される場合が多いらしい。しかし「たーちゃん」さんは、家にある食材でその場で作ってくれる。

「GEO《ジオ》プロダクトのステンレス鍋がたくさんそろっていて、羨ましいですね！」

役員の女性が言ってくれるように、独身男性の住まいにしては、色々な調理器具、コンソメといった人工調味料の類いはそろっている。しかし、「牛乳は？」「パン粉はありますか？」と訊かれ「ないです」と答えるケースもままあった。それでも「わかりました」と、たーちゃんさんはパン粉の代わりに小麦粉を代用したりと、ペースを一切ゆるめることなく調理を進める。

「以前は、どういったお仕事をやられていたんですか？」

訊くと、長らく日本料理の店で働き、自分の店ももっていたという。しかし店の立地条件が悪かった上に、待機で無駄にする時間も多かった。それで二年前に今の会社に登録し、昼間は家事代行で働いているうちに、そちらのほうが効率よく働けると気づき、家事代行専門になったとのことだ。つまり、たーちゃんさんに関しては、料理が得意な主婦が外へ出稼ぎに行っているというレベルではなく、プロの料理人が一般家庭に来てくれていることになる。

「でもたーちゃんも、ウチで始めたばかりの頃は、もっと全体的に茶色い料理が多めでした。代行の場数をこなしたり、研修で他の人たちに教えたりするうちに、今のようになっていったんですよ」

テーブルの上にどんどん増えてゆく料理を見ながら、役員の女性が言う。

実際に自分で頼んだときの感覚をつかんでおくため、一時間ほど経過した頃から、2LDKのキッチンに四人が立っている中、僕は書斎のデスクにつく。資料を読むところから始め、書いている新作小説の次のシーンをどうするかについてのメモに手を入れだす。すると、思っていたよりちゃんと仕事ができた。在宅仕事の自分にとって、三時間も家事代行の人と狭い家で一緒に過ごすことがネックだったが、大丈夫そうだ。

残り一時間を切ると、焼いたり揚げたりの工程が増え、メインとなるような肉料理や魚料理が次々と出来上がってゆき、タッパーにつめられテーブルに置かれる。

「残り時間はあとどれくらいですか？」

「一五分です」

役員からの返答を聞いたたーちゃんさんは、まだ少し残っている材料を調理する手を止めない。それを見ていた僕はふと、負けるかもしれないとわかっていても命尽きるまで戦おうとする戦士のようだと思った。時間と食材の限り、一品でも多くの料理を作ろうとしている。

そして、一八種類の料理が完成。朝食を食べていなかったので、全種類を次々と食べてゆく。各種鶏肉料理、すき焼き風牛肉がごはんにあう。海老入りのあんかけ中華スープを自宅で飲めているのが不思議だった。牛ブロックを圧力鍋で煮込んだカレーもおいしい。ロールキャベツも。おいしくて食べ過ぎ、お腹いっぱいになった。

調理器具一式も洗い、たーちゃんさんたちは帰って行った。編集者とカメラマンにも料理を食べてもらいながら僕は、適材適所について考えていた。

社会の中で人は皆、自分が得意なことを仕事にしたほうがいいのだ。今のたーちゃんさんは、余所の家に訪ねて行って料理をするのが得意だから、それを生業《なりわい》にしている。そのような専門家に頼めば、たとえば共働きで料理の得意な人がいない家庭でも、おいしい料理を食べることができる。今回要した費用は、食材費が八〇〇〇円で代行料が七五〇〇円ほどだったから、たった一万六〇〇〇円弱で一人暮らし一〇日間分くらいのおいしい食事が確保されたこととなる。時間を捻出し得意でない料理をするくらいなら、自分の得意な仕事で一万六〇〇〇円を稼ぎ料理を外注するほうが、効率は良いだろう。他のたとえで言うと、再生医療研究の最先端にいる研究者がそれらを放りだしいきなり田舎で農業とかを始めても、それは社会全体にとっての大きな損失となる。

じゃあ、自分はどうか。高校生の頃より小説を書き続け、芥川賞なんかももらうことで、小説を書くプロとして認められている。小説の幅を広げるためにと小説以外の色々な仕事にも手を出してきたが、それらの仕事に関しては、自分は得意であるからやれているわけでなく、余所者特有の面白さで成り立っているだけだ。しかしせっかく小説家として認めてもらっているわけだから、自分が最も得意な小説執筆に全力を注いだほうが、人々のためにはなる。そんな当たり前のことに、気づかされた。

　もっと人々が、自分の好きなことや得意なことを仕事にできるような土壌が整ってゆくことを、望む。

三十二歳の初体験 16

アーユルヴェーダ

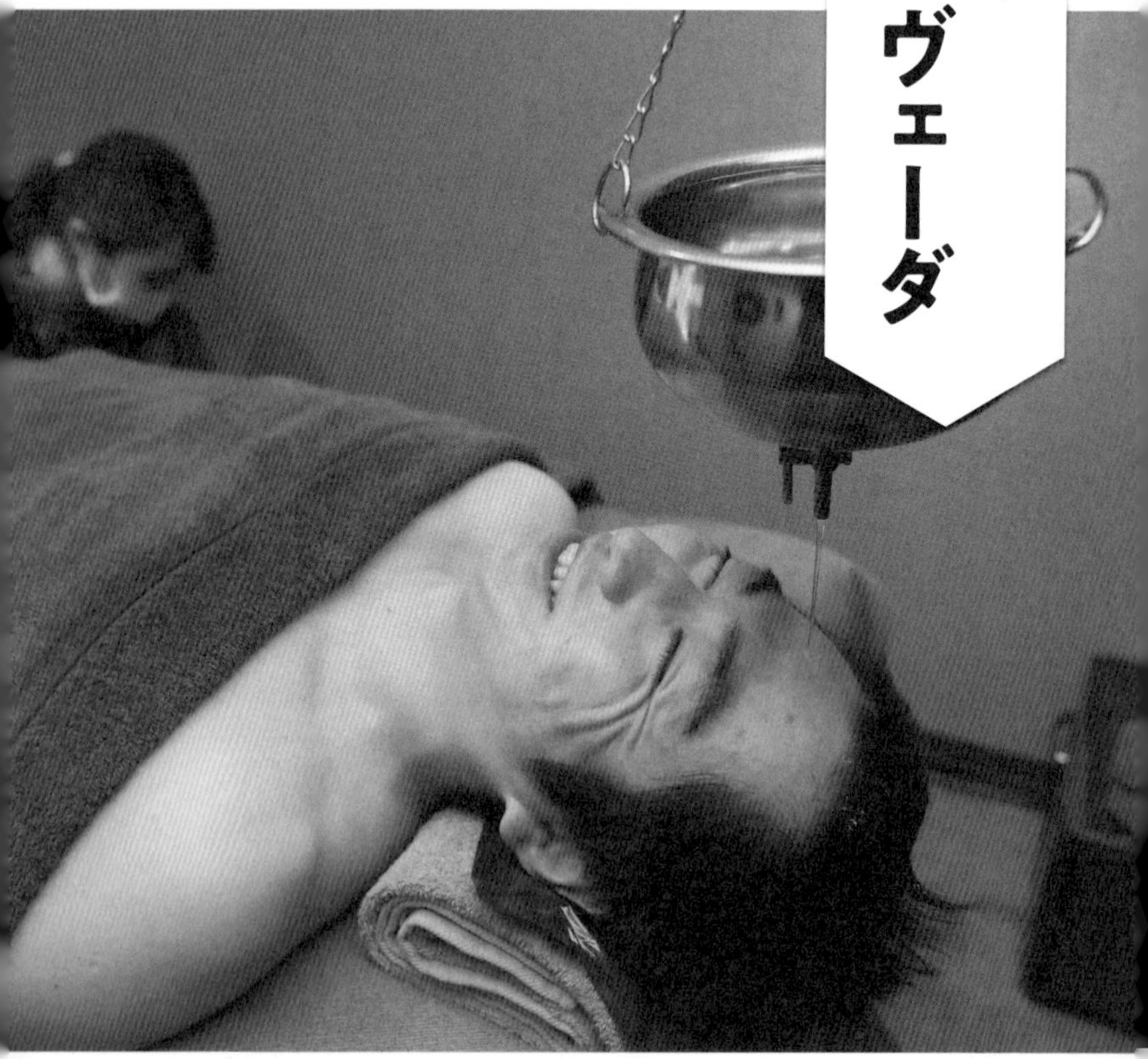

女性作家たちが言っていた
人格崩壊……

女性作家たちと食事をした。そこである人が「本場のアーユルヴェーダに行く」と言い、既に日本で経験した人もいるらしく、皆、羨ましがっていた。

「額に垂らすやつ、繊細な人は、人格崩壊するよ」

とまで言われるそれがなんであるか聞いてみると、オイルマッサージの一種らしかった。

今まで、針治療や整骨院でごく数分以内のマッサージ、美容師やメイクさんによる謎のマッサージしか受けたことがない。お金を払って数十分間のマッサージを受ける、という経験をしたことがなかった。だから、アーユルヴェーダに行ってみることにした。

銀座にある『エクスパンス スパ』の受付で出されたお茶を飲みながら、アンケート用紙に記入する。やがて施術担当の女性がやって来て、三種類ある体質のうちどれに当てはまっているかを教えてくれる。体温が高く常に興奮気味の僕は、火と水のエネルギー、ＰＩＴＴＡ《ピッタ》の体質らしい。そんなピッタ体質に合うのは、チャンダンバラクラクシャディオイルだ。

通された個室で、紙のトランクス一枚になり、電熱で温められた台の上で俯《うつぶ》せになる。少しでもマッサージの良さを実感できるよう、前日、ジムで九〇キロのバーベルを持ちスクワットしたりと、全身の筋肉をいじめぬき、筋肉痛の状態で来た。

背中にオイルが塗られ、マッサージが始まる。すごく気持ちが良い。

「凝っていますね」

「凝っているって、どういうことなんですか？　筋肉痛はわかるんですが、凝っているという概念が、未だによくわからないんですが」

それに対しなにか答えていただいたが、覚えていない。とにかく、親指と人差し指の間の半円型のアーチ部分で背中や腕を強く擦過してもらうのが、気持ち良い。背中の側面をそのように扱われた経験が人生で一度もなかった。施術師さんは自身の体重を掌にのせ、被施術者の身体を台におしつけるようにマッサージしてゆくのが本当にうまい。

「アーユルヴェーダは、どうやって習ったのですか？」

聞くところによると、一〇年前にインドへ行き、一ヶ月間ほど、有名な先生のもとでみっちり教わったのだという。インドでは、アーユルヴェーダは医療として認められている。帰国して出会った今の店のオーナーもインドの同じ先生を知っていたようで、それ以来、一緒に店をやっているとのこと。ちなみにアーユルヴェーダに出会う前は全然違う業界で営業の仕事をされていて、マッサージはアーユルヴェーダしかやったことがないらしい。

「私も色々なマッサージを受けていたんですが、なかなか改善しなかったことが、アーユルヴェーダで改善したんです」

今度は仰向けになって、施術される。俯せのときより、くすぐったかったり、痛かったりで、こわばってしまう機会も増えた。足裏を拳でぐりぐりされながらも、老廃物が流されるんだろうな、と思うことでしのいだ。ヘッドマッサージではあまりオイルは使わなかったため、硬く太く短い毛髪が、じょりじょりと音をたてていた。

そしてついに、名物のシロダーラへ。額の中心の真上にセットした容器の先の管から、体質別のオイルを垂らし続けるのだ。女性作家が「人格崩壊」といっていたものだけに、少し緊張する。

ぬるいオイルが垂らされ始めると、くすぐったくて仕方なかった。眉間の上がむずむずして、とても心もとない。五分くらいはそのような状態だったが、段々と慣れ、やがて自分の鼾《いびき》で起きた。寝ていたのだ。わりとあっという間に二〇分が経過し、シロダーラが終わった。

シャワーでオイルを流し、受付へ戻る。施術師の女性や、担当編集者たちに話しかけられるが、ぼうっとした上の空の状態で受け答えする。シャワーもふくめ二時間の内容で、疲労がとれたのか、健康的になったのか、判断しようがない。ただ、そんなぼうっとした頭でも、今後の生活の改善のコツ等を教わるうちに、アーユルヴェーダはトータルコーディネート感がすごいのだとわかった。

たとえば、「アグニを強めてアーマ（毒素）を浄化する方法」として、①朝食は朝八時までに食べ終えるようにする②夕食は二〇時までに食べ終えるようにする③冷たいものは飲食しない、等々、西洋医学の医者も言いそうな、科学的にしごくまっとうなことが書かれている。ただ、そういったことを、白衣を着た西洋医学の医者から言われても、たぶん人はろくに聞こうとしない。「そうは言われても、実生活というものがあるからねえ。医者の言うことは、話半分に聞いていればいいや」というふうに。

しかしアーユルヴェーダのように、マッサージはあくまでも一要素であり、食事や生活習慣込みで改善しようとなると、同じ行為が、ある種の信仰になる。近い話でいうと美容は、科学的合理性より信仰の世界だと聞いたことがある。コントロールしやすく成分的に安定している石油成分は、海底に眠る天然成分であるにもかかわらず、「自然のものじゃない」と忌み嫌われ、植物由来のコントロールしづらい成分で肌荒れをおこすこともいとわない〝ナチュラル志向〟がもてはやされるように。だから、科学的な正しさだけでなく、信仰やスタイルもついてまわるアーユルヴェーダによってようやく、自分の体質を変えられる人だって現れるのだろう。

ぐっすり寝た翌日、起きると、いつもと変わっていなかった。ジムで身体を鍛えた日の翌々日、程度の筋肉痛があるだけだ。たった一回しか行っていないし、アーユルヴェーダの本質は生活習慣を変えることにあるのだから、わかった気になってはいけないだろう。それでも、マッサージについては、なんとなくわかったことがある。

自分のように、ある程度の筋肉量があり血行の良い人間には、マッサージは不要なのだ。運動で一時的に筋肉が張ることはあっても、慢性的に凝ったりはしない。だから今まで、金を払いマッサージを受けようとしたことがなかったのだ。アーユルヴェーダの客は、八割が女性だと教えてもらった。女性は男性と比べれば筋肉量は少なく、血行も悪い人が多い。だから、女友達も女性編集者も母も皆、マッサージを受けに行くのだ。

見方を変えるならば、マッサージを受けたくらいで身体が変わってしまう人は、その前にもっと運動や自発的ストレッチをしたほうがいいと思う。疲れをとる対症療法より、もっと根源的に、血行の良い凝りにくい身体を得ることのほうが大事だ。ただ、僕だって二〇歳そこらの若造ではないから、マッサージに行くタイプの女性たちにそんな論理的でマッチョなことを言ってもろくなことにはならないことは、わかっている。だから、実生活でとやかく意見してまわる気はない。

それに、当のマッサージ好きの女性たちだって、そんなことはわかっている人のほうが多いはずだ。単に、金を払って、刹那的な快楽を求めているだけのこと。ふと、そういったものは他にもたくさんあると思った。性風俗好きな友人の顔が浮かぶ。男友達が行く性風俗と、女友達が行くマッサージは、金を払い身体的な刹那の快楽を求めるという多くの共通点により、なにが違うのか。僕にはわからなくなった。

三十二歳の初体験 17

リアルな旅とVR飛行

一瞬の爆笑で
嘘っぽさが顔をだした

最近流行のVRを体験していない。ヘッドセットをつけて、ヴァーチャルリアリティの世界を体感するというものだ。担当編集者に聞くと、VR飛行体験ができる『FIRST AIRLINES』を紹介された。

訪れたのは、池袋。駅から少し離れた場所で、雑居ビルが並ぶ一角だ。全然目立たない雑居ビルのエレベーターに乗る。

着いたフロアは白い空間となっていた。空港のそれを模した受付と、壁に掛けられたモニターにはフライト案内が、そして飛行機の側面をモチーフとした曲面の壁と出入口がある。スピーカーからは、空港内の雑音が流れている。人は誰もいない。

すると、制服を着た男性が急いでやって来て、カウンター奥のロールスクリーンを一瞬で下げ、ドアの見えていた雑然とした壁が隠れた。続いて、CAの制服を着た若い女性が来てそれっぽい搭乗券を発行してもらい、隣部屋の〝機内〟へ案内される。

横二列のシートが縦方向に十数列ほどもあり、前方の席へ案内される。全席、本物の飛行機でファーストクラスの席として使われていたものらしく、座るとクッションのふかふか具合が心地良い。スリッパなんかも用意されているので、案内されるまでもなく、靴から履き替える。リクライニングシートは、倒さない。どうせ上空に達するまで、シートは倒すなと注意されるからだ。

そう、僕は仕事で地方に呼ばれることも多いから、国内線の飛行機には乗り慣れている。それも、ＡＮＡだとプレミアムクラス、ＪＡＬだとクラスＪに。エコノミーより上の席での過ごし方について、自分なりの流れができあがってしまっているのだ。やがてさっきのＣＡさんがやって来て、丁寧な挨拶の後、救命胴衣等の使用方法の説明も行う。いつもはそんなものを無視して日経新聞を読むのだが、二メートルほどしか離れていない距離で、僕しか客がいない状況でやられると無視するわけにもいかず、なんとなく説明を聞いた。

シートベルトをつけた状態で、飛び立つのを待つ。前方と、向かって右側の壁に等間隔で並んだ液晶モニターには、飛行機の外の流れる風景が映っている。空間内のあちこちに設置されたスピーカーからは、エンジンや気流のリアルなノイズが大きな音で鳴っている。

やがて離陸する際に、シートに内蔵されたバイブレーターが作動し、臨場感が出た。部屋やシートそのものは傾いたりしていないのに、身体が重力でシートへ押しつけられている感覚があった。

飛行機が安定した段階で、ヘッドセットを渡され、装着する。乗っている飛行機がイタリア行きの便なので、イタリアの観光地の映像が流れだした。宮殿に案内され、上を向くと、アーチを描く天井が見える。自分の目の高さに戻ると、世界各地から来たのであろう観光客の太ったおばさんたち。コロッセウムの欠けた部分を見上げ、自分のすぐ横なんかを見ると、カメラを持ったおばさん。

VRの臨場感に対しもっと期待していたが、ドーム型のプラネタリウムを見ているのとほぼ同じだ。三六〇度に近い視界を楽しめるだけであり、没入感はない。いくつかの要因があると思う。一つは、各観光地での音声ガイドや、バックで流れているBGMがうるさいからだ。スクーターの後部シートに乗り市街地を走るシーンもあったのだが、ガイドやBGMを消して、バイクのエンジン音や街の喧騒だけを流したほうが、入り込めると思う。そしてもう一つの理由は、自分がその世界に参加できないから。自分のアクションがその映像世界に反映される、つまりアトラクションゲームのほうが、VRとの親和性は高いのだろう。観光地の映像を見せられるだけでは、傍観者でしかなくなる。

とは言うものの、異様なリアリティを感じるものもある。それは観光地にたくさんいる、おばさん、おじさんたちだ。肌の色や髪の色は関係なく、腹や背中、カメラを持つ腕にたっぷりと贅肉がついている感じや、溌剌とはしていない緩慢な動作が、どの場所でも全員同じなのだ。旅番組や、綺麗な写真集で見る観光地とか世界遺産は、非常に美しいフォトジェニックな対象として映される。しかし実際に旅行で訪れる観光地には、その場所の魅力よりも、自分をふくめた観光者たちがつくりあげる観光地独特の雰囲気のほうを強く感じる。あの、ヨーロッパの歴史ある観光地に行っても、浅草の浅草寺近くで鳩に餌をやっているのと変わらないように思える感覚が、異様なほどリアルに再現されていた。

観光地めぐりが終わると、ヘッドセットを回収される。VR体験は思っていたほどではなかったな。そう感じていると、飲み物のオーダーを訊かれ、僕はいつものようにノンアルコールビールを頼んだ。リクライニングシートを倒すと、国内線のANAプレミアムクラスとは異なりほぼフラットに近くなり、国際線のファーストクラスはこれほどか、と感じた。

機内食が用意されるとのことで、シートを元に戻し、折りたたみテーブルを出してもらう。すると、白い皿に入ったミネストローネが出された。プラスチックの弁当箱ではなく、皿にのせられた機内食など初めてだ。食べると、おいしかった。狭いテーブルの上でこぼさないよう、スプーンを口に運ぶ。ホテルのルームサービスくらいのレベルだ。続いて、メインの牛ステーキ。ミディアムの焼き加減で、かぶやキノコ、フォアグラなんかも添えられていて、ソースのかけ方も綺麗だ。食べると、本当においしい。結婚式のメインで出される料理のレベルだ。がつがつ食べ終えると、デザートのティラミスにコーヒーも出てきた。

食べ終えた食器を下げてもらい、テーブルは出したまま、再びリクライニングシートを倒す。ノンアルコールビールをちびちびと飲んでは、小さいテーブルにこぼさないようグラスを戻す。そしてふと、自分が、飛行機の中にいると半ば本気で思い込んでいたことに気づいた。

虚構にも、フェーズがあるのだ。ヘッドセットを装着してのVR体験がたいしたことなかったなと油断した次の段階で、まぎれもなくおいしい機内食を食べることにより、味覚や内臓といった内側から、その虚構を受け入れてしまった。それに、料理やコップを小さなテーブルの上からこぼさないようにするという自分の動作が、虚構を本物へと近づけてしまう。

「機内販売です」

CAが、ボールペンなんかの入ったカゴを持ってやって来る。

「いかがですか?」

「いや、いいです」

僕が答えると、そうですよね、という感じの表情で一瞬爆笑し、去って行った。本物のCAならそういった場合でも穏やかな、コントロールされた笑みを浮かべるから、そこで一瞬、この世界は虚構なのだとでもいうふうに、嘘っぽさが顔をだした。

すべての体験が終わってから、制服を着た経営者の男性から話を聞く。働き盛りの若めの人たちをターゲットに作った店だが、実際には、中高年の客が土日に多く訪れるという。行ったことがない海外の観光地に行きたかったり、昔はよく行っていたけれど今は身体が悪くてそこまで行けない、というような方々が団体で来たりするのだとか。そういった方々には、音声ガイドやBGMが過剰なVR映像も、素直に楽しめるのかもしれない。雑居ビルを出てからも僕は、虚構と本物について考え続けていた。

三十二歳の初体験 18

卓球教室

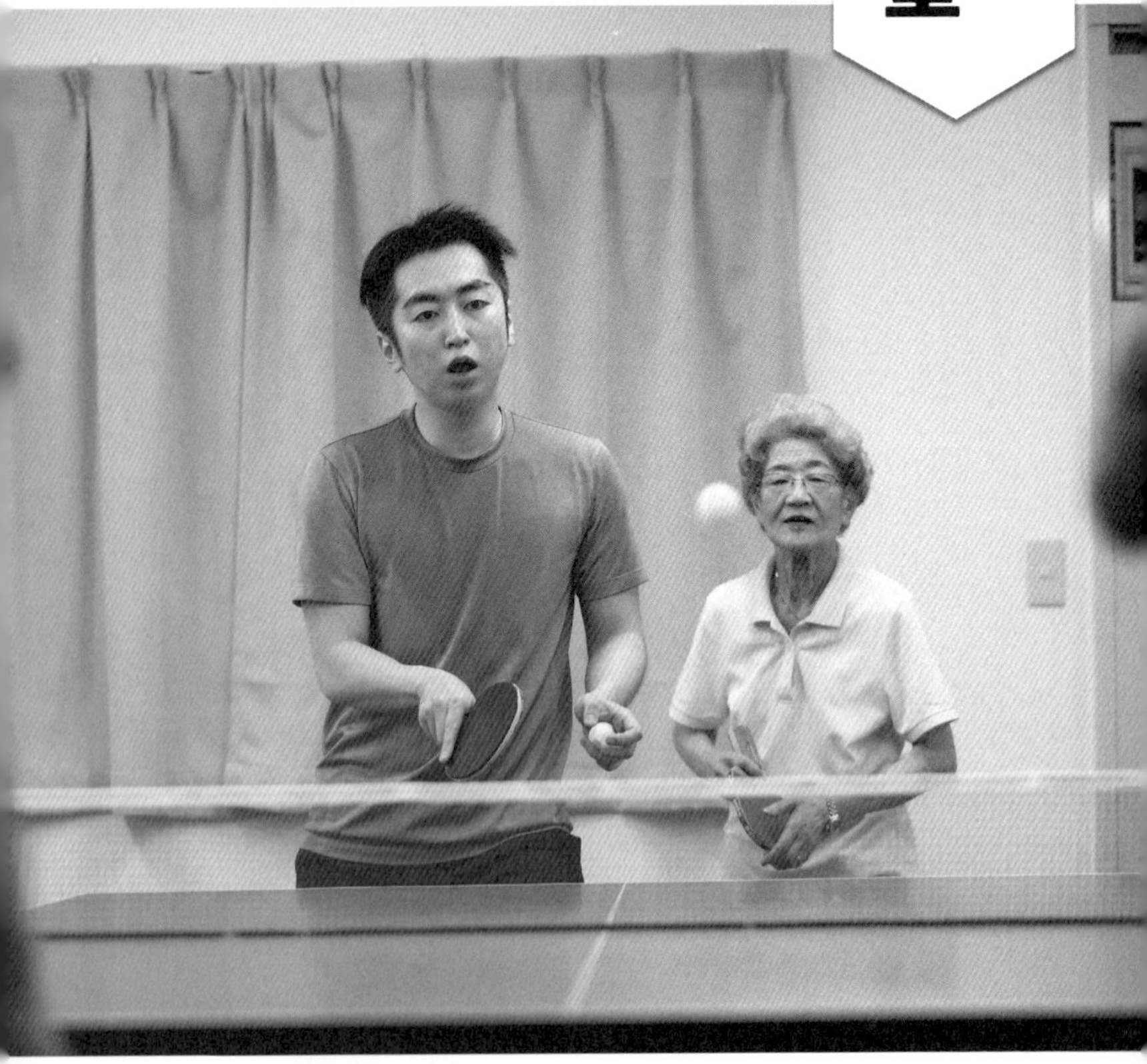

年齢を聞いて
にわかには信じられなかった

何年も前から、卓球に興味を抱いていた。格闘技系の漫画やハウツー本で、卓球のステップと反射神経の鍛錬が、格闘技やその他スポーツ能力向上のため大いに役立つ、と説明されていたためだ。それと、運動といえば筋力トレーニングしかしていないことに、むなしさを覚えてきたからだ。重い物を持ち上げたり、筋肉を少しつけても、身体に技が蓄積されてゆく前進が感じられない。脂肪の減少や筋肉の増加といった生理的な増減よりも、脳や神経に刻まれる技を身につけたい。屋内にて省スペースで行える卓球に魅力を感じていた。

今住んでいる街の近所で検索すると、三キロ弱離れた場所に、卓球教室があった。早速電話で問い合わせた。

「すみません、卓球に興味をもっている者なんですけど、初級教室にいきなり行っても大丈夫ですか?」

「はい、大丈夫です。屋内用の靴と、汗をかくのでタオルもお持ちください」

当日、自転車で教室へ行く。

「あの、今日が初めての利用で、卓球は本当に未経験なんですが」

「お名前をうかがってもよろしいですか?」

「羽田です」

僕の苗字を片仮名で紙に書き取った女性スタッフに、千数百円のレッスン料を払う。僕以外に六人のレッスン生がいて、顔見知りなのか、何台もある卓球台で打ったり、ベンチで休んだりしていた。平日の日中に来られるという条件だからか、定年退職したようなご年齢の方々がほとんどで、一人だけ若い女性がいた。ベンチに誰か座りに来る度に、卓球未経験であることを告げ、世間話をする。

「若いからすぐうまくなるわよ」

「そうですか。もうどれくらいやられているんですか？」

「わたしは四年くらい前から、八〇歳を過ぎてから始めたの」

ついさきほどまで、そのご婦人のスムーズなラリーを見ていたため、年齢を聞いてにわかには信じられなかった。

やがて僕と同年配の男性コーチが九〇分の初心者コースの開始を告げる。基本的にレッスン生同士で自由に打ち合い、コーチから順番に呼ばれたら、都度数分間の個人レッスンを受ける、という方式らしかった。

といっても、過去に何度か、家族旅行で行った温泉旅館や友人たちと行ったボウリング場併設の卓球スペースで適当な自己流プレイしかしたことのない僕は、正しいフォームを知らない。最初に悪いフォームをつけると後で面倒になるから、すでに関係性が出来上がっている人たちのプレイをしばらく見ているしかないか、と思っていると、すぐに声をかけられた。

「やりませんか?」

「え、じゃあ、お願いします」

まだ一〇回通っていない程度という、六〇歳前後の物腰の柔らかい男性から誘われ、卓球台の端に立つ。

「卓球は未経験で、ラケットの握り方も知らないんですが」

「そうですか。ちゃんとしたフォームはあとでコーチに教わったほうがいいと思うけど、とりあえず……」

ラケットの握り方だけざっと教わると、ラリー開始。未経験者が打ちやすいように気をつかってくれているからだろうか、ゆっくりのペースでなんとなく続く。その後も、何人かの方にラリーの相手をしてもらった。僕のラケットの向きが悪いからか、打ったボールが天井に当たったりした。それでも、リーチが長く体力はあるからか、力業でそれなりにボールを拾いに行くことはできた。

「続いて、羽田さん」

「はい」

コーチから名前を呼ばれて行く途中、さっきの初老男性から訊かれた。

「羽田さんって、ひょっとして作家の羽田さん?」

「はい」

「やっぱそうか、なんか顔が似てるなと思ってたんだけど、今名前聞いて同じだったから驚いちゃった」

そこから一瞬で、僕についての情報が周囲の人々の間で共有される。そんなことはおかまいなしに、僕はコーチからラケットの持ち方等を習ってゆく。中でも、両足を開き左腕を台の上に置き、その体勢を保ったままボールを打ち返すトレーニングで、身体の軸のぶれが激減した。卓球台からラケット二個分の距離をおくことでも、劇的にラリーを続けやすくなった。

コーチから教わったことを持ち帰り、他の人たちとラリーをする。僕は未経験者であるが、順番にベンチで休んだりしている常連の方々より体力だけはあるので、休みなしで打ち続ける。さきほどまでよりかなりマシになっていた。

「本当になにもやってなかったの?」

「中学高校の時に軟式テニス部でしたけど、あまり真面目にやっていなかったですし」

という言い訳をしつつも、ラケット競技だけあり、軟式テニスとの共通点も多いのだと思う。コーチとの二〇回以上のラリーという目標も達成し、汗だくになりながらその日のレッスンを終えた。

二回目に訪れる際、本誌連載の担当編集者とカメラマンを連れてきた。他のレッスン生たちの年齢層は前回と同じだが、より上手いというか容赦ない方々が多くて、速い球をうまく返せなかった。初回でうまくいっていただけに、焦った。しかしバックハンドや球にかける回転、ステップを習うことで、また上達した。

僕が卓球に興じている最中に取材していた編集者によると、前回いらしたのとは違う八〇代の女性なんかは普段夫の介護に追われ、卓球が唯一の気晴らしなのだという。若いころにけっこう卓球をやりこんでいたというその方の打球は速く、サーブにも力がこもっていた。他何人かにも背景を訊いたようだが、実のところ僕はそういう情報をどうでもいいと思った。

聞くと記者は職業柄、取材する際に、そこに来る人の事情や背景に目を向けるらしい。しかし僕はそういうのに全然興味がない。

学校でも職場でもない繋がりで人々が集まれば、個々人に色々な事情があるのは当たり前で、〝人生の色々な事情〟ほど、類型的で想像の範囲を超えないものはない。

正確にいうなら、人が自らの口を通して語ることは、事実から離れるような加工がなされてしまうから、なにを聞いても類型的になるのだ。まるで求めている感想が先にありきで、それにあうような〝事情〟を捕食しているかのようにも感じられる。

それより、どんな小さなことでも、自分の身体を通し集中して観察したり体感することによって、新鮮な発見ができると思っている。

僕は、純粋に卓球に魅了されてしまった。プロから技を教わると、早いペースで上達する。ゆくゆくは成長のペースも落ち、壁にもぶちあたるだろう。尊敬する藤沢周さんが、御自身がやられている剣道を題材にした『武曲』という傑作剣道小説を以前に書かれている。僕も卓球を極めれば、卓球小説を書けるかもしれない。しばらく、続けてみようと思う。

……と、右記のように書いてから、一年三ヶ月が経過した。卓球は一ヶ月ほどしか行かず、今は全然行っていない。卓球自体は楽しいのだが、単純に、場所が自宅から少し遠いため通うのが面倒だという理由と、他の習い事も忙しく、時間の使い方として取捨選択する必要があった。

家の近所に気軽に卓球をする場所ができたら、その時はまた通うようになるかもしれない。

三十二歳の初体験 19

猫レンタル お出迎え

中国の子供かよ

芥川賞を受賞する少し前から時折、猫への関心を寄せていた。独身の小説家は家で一人で過ごす時間が長い。特に受賞前は、気分転換の方法を日々模索していた。プロジェクターで映画を見たり、昼寝、筋トレ以外の気分転換として、他の生き物と触れあうのもいいなと思った。散歩が必要で、吠えたりする犬と違って、猫には散歩が不要だし、室内で静かに自分の好きなように過ごしてくれる性格が僕にあっている気がする。それに、小説家には猫を飼っている人が多い。僕のデビューのきっかけとなった文藝賞の選考委員だった保坂和志さんによる猫への考察の文章なんかは、面白い。人間でない生き物について考え続けることは、小説家としての自分にとってもプラスになるのではないか。

実家で猫を飼ったこともないから、いきなり飼うのは気が引ける。やがて、猫レンタルのサービスがあることを知った。

そして知ってから一年以上が経過した。ある日、電話がかかってきた。四ヶ月前に注文したカッシーナの一七五万円のヌメ革ソファーが、ようやく自宅に配送されるとのことだった。傷のつきやすいヌメ革ソファーが届けば、それ以降、爪研ぎをしたりと家具を傷めるふるまいをする猫をレンタルするのも難しくなる。最後のチャンスだと、猫レンタルを決意した。

担当編集者には、可愛らしい顔で愛想を振りまくタイプではなく、できるだけずんぐり体型でふてぶてしい顔つきの猫がいいと希望を伝えておいた。『ねこランド春日部西口店』から二泊三日で借りることになった。ＴＶＣＭなんかにも出演した実績のある白いマンチカンの雄の成猫を、夜の一〇時頃に編集者とカメラマンが連れてくるという。約束の時間が近づくにつれ、期待は大きくなっていった。ずんぐりした可愛い猫ちゃんと、我が家で仲良く過ごして、ツーショット写真でも撮りそれについて原稿を書けばいいだなんて、最高の仕事だ。猫を飼うかどうかのシミュレーションにもなる。念入りに床掃除をした。

一〇時過ぎに、編集者たちが来た。ケージに入っている、白く大きな猫の姿が見える。ペットショップの猫と違い成猫だから、ずっしりと大きい。名前はリクくんといった。まず、店から借りてきた道具の説明を受ける。トイレに餌、餌皿、糞尿処理のための道具等必要なものは全て借りられた。それで二泊三日九八〇〇円だから、安い。いよいよ、ケージの扉を開ける。緊張しているのか、すぐには出てこない。

「リクくん」

声をかけても、なかなか出ようとしない。猫じゃらしを使っても、皆で名前を呼んでも出てこない。ケージの外に出てきてくれないと、ツーショット写真が撮れないから、カメラマンも帰れない。タレント猫だけあり、気難しい大御所みたいだなと思った。もう夜だしさっさと撮影を済ませなくてはならないと、僕はケージを斜めに傾け強制的にリクを外に出そうと試みる。しかしぐっと踏ん張りリクは耐えている。すぐに僕は、ケージが分解可能なことに気づいた。

ケージの上半分を外した。

するとリクが急にあたりを不安そうにキョロキョロと見回し、ようやく外に出てきたかと思うと、近くにあったオーディオスピーカーのラックの隙間に入っていった。ヤマハYSP－5600というバー型サラウンドスピーカーの専用ラックで、下にサブウーファー等を収納するためのスペースが空いている。一瞬で入り込んだその空間から、リクは上へと消えた。

「え？」

慌てた僕が下からのぞきこむと、ラックの中板には各種ケーブルを通すための一五センチ四方の穴が空いており、そこからリクはバー型スピーカーと壁の間へと入り込んでしまったのだ。夕方のニュースでよくやっている、隙間に入って出られなくなっちゃう中国の子供かよ。

仕方なく、重いラックごと壁からずらし救出を試みる。ケーブルだらけの空間にリクの姿は見えたが、こちらが手をさしのべても、自分の意思でそこにいると決め込んでいるのか全然出てこない。スマートフォンを操作しYouTubeで探した猫の鳴き声を流しても、駄目だった。そうこうするうちに一一時を過ぎてしまっていた。

「今日はもう、無理かもしれませんね……」

「明後日引き取りにうかがう際も撮影はできますので、その時にしましょうか」

「はい」

「それでは、明後日にはツーショット撮影ができるよう、リクくんと仲良くなっておいてください」

編集者とカメラマンが引き上げたあとも、なんとかラックの外には出さなければと思った。ケーブルだらけの狭い空間で身体が絡まったりしたら危ない。ラックの外に出し、穴や隙間を塞ぐところまでは、今夜のうちにやらねば。リクが移動し裏側から顔をのぞかせた隙に、胴体ごとかかえ外に出した。リクはラックから離れていったため、その間にラックを元の位置に戻し、穴や隙間をテープと緩衝材で塞いだ。

リクはリビングの隣の寝室、ベッドの下に逃げた。僕はインターネットで、猫の警戒心を解く方法を検索した。すると、やってはいけないことをいくつもやっていたことを知った。猫は頭が良く繊細で、新しい空間に連れてきた場合、その空間が安全なスペースであることを知らしめなければならない。ケージで運んできた場合、猫が自然とケージの外に出てくるのを待たなければならないのだ。初めのうちはケージを心の拠り所とするから、ケージの上に布でもかけ外部との遮断スペースを作ってあげるのが理想とのこと。つまり、いきなりケージを分解するなんて、絶対にしてはならなかったのだ。

反省の念を覚えながら、寝室に水の入った皿とトイレを置く。警戒されてしまったからか、リクは僕に決して近づこうとしなかった。ぐったりした僕は、ベッドへ横になり、明かりを消す。返却日である明後日までに、仲良さそうなツーショット写真を撮れるくらいに、リクと仲良くなれるだろうか。

三十二歳の初体験 20

猫レンタル

お別れ

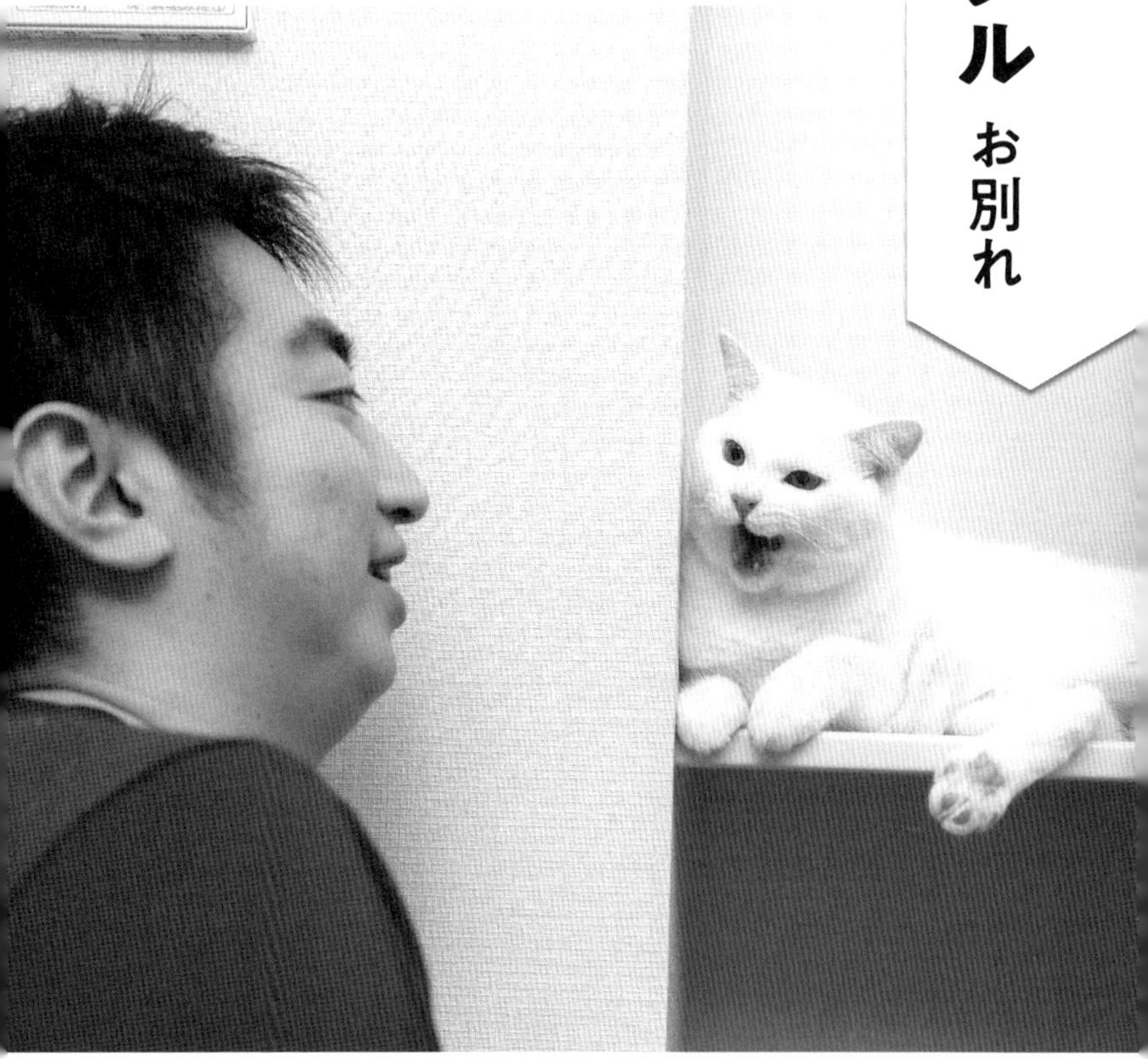

けっこうあっさりした
帰り支度だった

猫レンタルで成猫の雄のマンチカン、リクくんを借り受けた初日にいきなり、僕は彼に警戒されるようなことをしまくった。

ベッドに横になってしばらくし、寝かけたところ、足もとのほうからゴソゴソという音が聞こえてきた。ブラインドの隙間から差し込む街の明かりを頼りに見ると、白くぼわっと浮き上がったシルエットのリクが、餌皿に顔を突っ込んでいた。餌と水を入れておいたのだ。カリカリ咀嚼《そしゃく》する乾いた音と、口の中の唾液によるペチャペチャ湿った音が聞こえる。六畳ほどの閉めきった寝室内ではうるさいほどだ。

少し時間が経つと、紙製の猫砂が入ったトイレでがさがさやりだし、ウンコをした。活発に動きだしたのは、夜行性で周囲が暗く静かになったからなのか、僕が寝たからなのかわからない。人が寝ているベッドに入り込んでくる可愛い猫ちゃん、というものを夢想していた僕だったが、音を立てて動き回るリクとずっと一緒に寝室にはいられないと、リビングとの隔たりとなっていた引き戸を開けた。リクはやがて様子をうかがいながら、リビングへ歩いて行った。僕もウンコの入った猫トイレを見て、ウンコを取り除くため起き上がる。綺麗好きの猫はトイレが汚れている場合、外で用を足すこともある。それは困るからだ。僕が台所のゴミ箱近くでウンコの処理をしている間、リクは寝室へ引っ込む。僕がベッドへ戻り明かりを消すと、ベッドの下から出てきたリクがマットレスの上にいる僕の様子をうかがい、再度リビングでの探索を行う。体毛が真っ白だからか、窓からわずかに入る明かりだけでも、そのシルエットははっきりと浮かび上がった。床から椅子へ、椅子からダイニングテーブルへとジャンプし、キッチンカウンターにも移動する。ボコン、という音が鳴ったのは、アルミのシンクに入ったのだろう。また寝室に戻ってきては、リビングに出る、という周遊を繰り返し、徐々に空間を把握していっているように見えた。最初は椅子を経由して飛び乗っていたテーブルにも、やがて一度のジャンプで飛び乗るようになった。ナイトサファリを眺めているようで、消灯してから二時間近く起きていた。

翌朝起きてすぐ、寝室やリビングにリクはいなかった。探すと、台所のステンレス製オープンラックと壁の隙間にいた。綺麗にしたトイレと餌皿の置き場所をリビングと台所の中間地点へ移動させ、餌と水を補充するが、リクは朝食をとりに出てこない。一晩経っても距離感が縮まっていない。それでも、こちらが書斎でじっとしていると、寝室のベッド近くから、僕の様子を眺めたりはしていた。

もう少し離れて過ごしたほうがお互いのためではないかと、自由が丘のお菓子屋さんへ出かけた。イートインでケーキを食べ、パンやその他のお菓子を買って帰宅する。二時間近く空けていた部屋にそっと入るが、リクの気配がない。ベッドの下や台所のオープンラックの裏にもいない。餌も手つかずだ。おかしいなと思っていると、僕の頭上に白くもふもふしたのがいた。

台所の換気扇フードの上に、リクは寝ていた。高所にある水平の場所で、いかにも猫が好みそうだ。昼食のラザニアを作っている間も、稼動している換気扇の上で、リクは短い足を外に放り出した余裕の様子で、薄目を開け寝転がっていた。

リビングでラザニアとお菓子を続けざまに食べていると、リクがリビングへやって来た。僕が寝ていたり食事をしている時は自分のところにやって来ないとわかるのか、リクもカリカリと音をたてながら餌皿に丸い頭をつっこみ食事を始める。

夕方に『週刊プレイボーイ』の男性編集者がやって来て、連載エッセイに関する打ち合わせをした。その間ずっと、リクはレンジフードの上にいた。打ち合わせの後、横浜で友人たちと飲む約束だった。リクが餌を食べたのが午後三時くらいだから、いくらなんでも夕飯を与えるのは早すぎだろうと、餌の補充はせず水だけ切らさないようにし、出かける。

七時から始まった横浜での飲み会が、大いに盛り上がった。リクのことがあるから午後一一時までには帰宅するつもりでいたが、僕が解散を告げようとした午後一〇時のタイミングで、友人の一人がワインのボトルを追加注文したため、結局遅くなった。帰りの電車に乗っている間に、本誌担当編集者からのメールが届いた。なんでも、猫と仲良くなるにはコミュニケーションが大事で、「CIAOちゅ〜る」というチューブに入ったジェル状の餌を利用するのが奥の手だという。電車から降りると、二四時間営業の店に入り、ペット用品コーナーで「CIAOちゅ～る」を二袋買った。

家に着いたのは午前〇時五〇分だった。そっとリビングに入ると、暗闇の中で台所のほうへ移動する足音がした。明かりをつけ台所へ行くと、僕を見上げるリクの顔が、完全に怒り顔だった。最後に餌を与えてから九時間は経っているから、空腹で怒っているのかもしれない。僕は慌てて普通のカリカリ餌を皿に少量補充した。しかし簡単には食べてくれない。

しばらくはトイレ掃除等をしながらリクに関心を示さないようにし、リクのほうから様子をうかがってきたタイミングで、リクの近くへ餌を数粒投げる。食べてくれた。次に、餌をのせた手を僕もリクと同じ姿勢になって彼のほうへ差し出すと、手の上に乗った餌を食べてくれた。空腹を利用してのスキンシップに成功したのだ。

「ごめんよぉリク」

手ごと舐めてくる猫の舌はざらざらしている。それまで、独立心の強いリクとはある程度距離を保ったほうがいいというふうに、わりと冷静な態度でいた僕は、一気に懐柔された。猫なで声でずっと謝りながら、手を介して餌を与える。規定の量を与え終えるとリクも満足したのか、また少し距離を置いた。そこで、「CIAOちゅ～る」を出す。開封する音で、リクは反応した。大好物だけに、音でわかるのだろう。ジェル状の「CIAOちゅ～る」を指の先につけてかざすと、なんの迷いもなくやって来て執拗に舐めてきた。僕のほうから後ろへ下がっても、

「CIAOちゅ～る」を指に塗る限り、リクはやって来てぺろぺろしてくれる。なにかヤバい成分でも入っているんじゃないかと思えるほどに。リクが熱中している間、僕は彼の身体のあちこちを触りまくった。リクは嫌がらなかった。その流れを利用し、猫じゃらしを床に這わせてみると、目や前足で追いかけて遊んでくれた。

「かわいいねぇ」

ベッドの横に椅子を置き、消灯する。僕のそばにリクが来る度、猫じゃらしを出して遊んだ。それにも疲れ寝ると、ふとした際に目が覚め、見ると、椅子の上に座ったリクにじっと見られていた。たまに、マットレス上の僕の足もとに乗っかったりもしていた。

翌朝、リクと一緒に朝食をとる。台所やベッドの下にずっとひそんでいることもなく、この日は書斎に興味をもっているようだった。机や棚といった高さのあるものは、猫が遊ぶにはちょうどいいのだろう。僕が書斎にいても平気でやって来て、書類やパソコンの上で飛び跳ねまくって毛だらけにしていた。

「ちょっと人の書斎でなにやってんのぉ」

残り時間が少ないしもっと仲良くなりたいと、なんらかの家電の掃除用ブラシで額を撫でると、リクはその場でごろんと身体を弛緩させた。ついでに背や横腹も撫でてあげると、眠そうな顔になった。

午後一時に編集者とカメラマンがやって来て、すっかり仲良くなったリクと僕とのツーショット撮影が始まった。場所を変えてツーショットを撮れる余裕ぶりだった。

「じゃあそろそろ、リクくんをお返しする時間なので」

すっかりこの家にも馴染んだリクが、すんなりと狭いケージの中に入ってくれるだろうか。苦労するんじゃないかと思いながらリクの近くにケージを置くと、彼のほうからすっと入っていった。けっこうあっさりした帰り支度だった。

「じゃあねリクくん」

その後無事にリクを春日部の『ねこランド』へ送り届けた編集者によると、リクはビルの階段を上っている際、ケージの中で立ちあがり、小さく鳴いたという。本来の家へ帰ってこられたことを喜んでいたのだ。三日間かけ仲良くなり、僕のほうは完全に心ひかれても、リクにとってはいつもの場所に戻れることのほうが嬉しいのだ。

リクを返して数日が経過した今でも、書斎の椅子からリビングを挟んだところにある寝室の出入口から、大福のようなシルエットのリクがこちらをうかがってくる像がよみがえる。思いだすだけで、かわいいと思い、脳や身体に快楽物質がかけめぐる。完全にリクロスの状態だ。じゃあ、猫を飼えばいいじゃないか。それを真剣に考えてみて導き出される結論は、かわいいと無条件に感じてしまうからこそ、飼ってはだめだという確信だった。

リクと僕も互いに慣れていなかったからとはいえ、三日間、リクの気配をずっと頭の中に感じ、特に後半は精神的に満たされていた。しかしその間、小説の執筆といった仕事はなにも手につかなかった。大変な思いをして小説を書かなくても、幸せを感じられる方法があるではないかと、知ってしまったのだ。貯金だってあるし。

リクがいなくなってから、執筆やその他の仕事だけでなく、ジムや習い事へ通うのも再開した。そして僕は、ある程度辛さやわずらわしさが伴っても、自発的に行動し、自分の行いで自分の行く末を切り開いてゆくことのほうに、本質的な幸福や充実感を覚えるのだとあらためて感じた。いってみれば猫をかわいいと感じてしまう人間にとっての猫は、無条件的に脳へ快楽物質を分泌させる存在なのだ。猫にとっての「CIAOちゅ〜る」と同じだ。お手軽に幸福や快楽を感じられてしまう。ある意味において、〝思考停止装置〟だ。星新一の小説に、侵略目的の宇宙人によりもたらされた自動快楽装置で、人類が堕落し駄目になってゆくという話があった。

もうこの先に人生の楽しみなどないと諦めるような年齢だったら、己の幸福を猫に頼るのもありだとは思う。だが、まだ三二歳の自分が幸福を猫に頼ることに対しては、懐疑的に思えた。人間は獣ではないのだから、己の行いにより、人間的な幸福を感じられるよう、努めるべきだろう。自分以外の生き物に幸福を頼るとしたら、それは種を同じくする自分の子供で充分だ。

違う種類の動物に頼ることに関して、必然性が感じられない。悪い言い方をすれば、幸せを感じたいがための理由で飼おうとする、人間による御都合主義だ。

野良猫を見かけたり、ペットショップの前を通ったりした際、以前よりもっと猫のかわいさを感じるようになった。いっぽうで、少なくともむこう数十年は、自分が猫と一緒に暮らすことはないだろうということも、はっきりわかった。たった三日間だが、僕の生き方にまで関する色々なことを教えてくれたリクには、本当に感謝している。余った「CIAOちゅ～る」は、そのうち近くの野良猫にでもあげるつもりだ。

三十二歳の初体験 21

VRアトラクション

怖さの正体について知ることができた

VRは、ただ傍観者でいるより、参加者になったほうが楽しめるのではないか。新宿歌舞伎町にある『VR ZONE SHINJUKU』へ行った。去年の夏にオープンして以降、噂は聞いていた。四つのアトラクションを体験する予定で、まずは人気の「マリオカートアーケードグランプリVR」をやる。「マリオカート」は、小学生の頃に散々、スーパーファミコンでやりこんだ。担当女性編集者と同時にプレイすることになり、各々、コックピット型の操作台に座る。アクセルペダルにブレーキペダル、ハンドルにシートという本格的なものだ。シートの後部にサスペンションがついていることから、振動等も再現されるらしい。アイテムを取得し使うため、両手にセンサーを、頭部にはゴーグルとイヤフォンをつける。3D空間の視界が広がった。

レースが始まる。ハンドリング操作で車をまっすぐ進めながら横を向くと、編集者の乗るルイージが見えた。視線の向きとマシンが進む向きが分離している、これこそVRの醍醐味だ。途中何度か、高いところから低いところへ飛び降りる箇所があった。それにともなう心許なさは本当にリアルなもので、金玉が奥に引っ込む感覚があり、呼吸が浅くなった。

「くそ、アンダーステアだぞこの車！　くそっ……」

慎重なハンドリングをしても思い通りに挙動しない自分の車に対し、苛つきだした。数日前まで、ドイツ車に乗り長距離ドライブへ出かけていた。現実世界でのFR車の鋭いハンドリングとくらべ、マリオカートは全然思い通りに操作できない。つまり、現実のFRドイツ車と比べてしまうほど、VR世界の中の車を現実的なものとして感じていたのだ。

次に、「急滑降体感機スキーロデオ」へ。スキー板型のコントローラーの上に乗り、急な雪の斜面を滑るゲームだ。幼稚園年長の頃からスキーはやっているし、ゲームセンターでスキーゲームもやったことがある。だから操作性には馴染みがあるのだが、足に伝わる振動や、板を傾けないと曲がらない感じが本物のようで、崖のような斜面に入ってしまうのが本当に怖かった。自由度が高く、スキーの身体感覚を忠実に再現しているため、爽快感の中にも、本物に近い怖さがある。

三番目に、「ホラー実体験室　脱出病棟Ω（オメガ）」へ。行動選択型のホラーゲームだ。プレイヤーは車椅子に乗ったまま、恐怖の病院からの脱出を目指す。椅子に座り、左手のレバーで前進とストップ、右手に持った懐中電灯で、館内を照らし、途中で表示される選択肢を選ぶ。ゴーグル等の装備一式をつけると、マイクと連動しているからか、横にいる女性編集者が怖がるか細い声がプレイ前から聞こえている。

ゲームが始まると、いきなり前方に死体やら化け物やらが見えてきた。

――ムリムリ、本当ムリ……。

編集者はもう怖がっている。そんなに怖がりなら、なぜ一緒にプレイしようと思ったのか……。

基本的に操作は、レバーで前進して、たまに表示される選択肢で次の行動を選ぶだけだから、やること自体は少ない。当然、お化け屋敷での王道的な演出として、目の前にいきなり化け物の姿がドアップで現れる。

――ギャーッ‼

編集者の悲鳴はヘッドフォンから聞こえ、僕もそれなりには驚くが、怖くはない。驚きと恐怖は違う。

――羽田さんどこにいるんですか？　先に行ってくださいよ。

なんであまり怖くないのだろうと思ったが、ひとえに、自分の起こした行動により結果が変わる要素が少ないからだ。これが、自分で実際に館内を歩いたりするほどの自由さであれば、自分の行いにより結果が大きく左右されるから、慎重さがリアルな恐怖感にもつながるだろう。

怖さを見いだせなかった僕だが、それでも面白みを感じていた。一緒にプレイしている女性編集者がずっと発する、怖がっている声だ。仕事上の役割として普段、編集者は作家に対して、ある程度つくろった面を保ったまま接する。しかしひとたび恐怖体験にさらされてしまえば、そんなものは壊れ、「ムリムリムリ……」とティーンエイジャーのような言葉遣いの、普段の現実世界では見えない面が見られるのだ。ささやくような小さな声もマイクとヘッドフォンで増幅され聞こえる。ＶＲを通して、身近にいる生身の人間の違った内面を見られる面白さがあった。クリアしゴーグルをとると、編集者は憔悴しきった顔だった。

四番目に、「エヴァンゲリオンVR The魂の座：暴走」をやった。レバーとトリガーを操作し移動しながら敵を倒すシューティングゲームで、コックピットに搭乗しゴーグル等をつけた際の臨場感は、今日一番のものだ。エヴァンゲリオン初号機という人型の巨大なロボット兵器に乗り、基地内で周りを見回しただけで、基地内の奥行きや、両隣にいる他の機体との距離感等、ロボット自体の背の高さが本当にうまく表現されている。はじめに書いてしまうが、敵と戦う時より、基地内でのロボットの大きさ感のほうにこそ、感動させられた。巨大ロボットに乗る感覚はこういうものなのかと。

射出口から急スピードで地上に出され、敵と戦う。すると途中で操作がきかなくなり、エヴァが暴走し勝手に敵を倒すという、原作ではおなじみの展開でラストを迎えた。

終わってから、エヴァ零号機を操作していた編集者が言った。

「最後は、どういうことだったのですか？」

なんとエヴァンゲリオンのことを全然知らない人で、暴走したことをわかっていなかった。エヴァを知らない人がいることに、不思議と少し安堵感を覚えた。というのも、僕が小学生の頃、エヴァンゲリオンは社会現象にはなっていたものの、世間一般の多くの女性たちがその内容を知っているという感じではなかった。ところが本放送から十数年経ちリメイクの映画版も作られたりする頃には、エヴァに詳しい女性たちが異様に増えていた。だからアニメにあまり興味のない僕がおかしいだけで、世間一般の人たちはエヴァくらいの有名アニメには精通しているのかと思っていたが、それを全然知らない編集者がいたため、趣味嗜好の多様性を感じたのだ。

予定ではこれら四つで終わりだったが、最後におまけで「ナイアガラドロップ」という、VRとは関係ないアトラクションに挑むことにした。バーを掴んだ状態で七メートルの高さにまで吊り上げられ、ほぼ壁のような滑り台を滑降し最後に横方向へ押し出され、ボールのプールにダイブする。ウェアを着てバーを握ると、機械で吊り上げられた。自分の体重が両手にかかるので、かなり握力がいる。ジムで懸垂をやっているから慣れているはずだが、アトラクションの中でそんなに本気の筋力を使うとは思っていなかったから、辛く感じられる。吊り上げられた七メートルは、高い。合図でバーから手を離し、急降下した。

VRではない、現実世界が一番怖かった、とでも書きそうになるが、実際にはVRのスキーが最も怖かった。斜面の先が見えないが滑るしかないという、スキーをやったことがあるからこそわかる独特の身体性が再現されている。自分の行いで結果が変わるからちゃんとやらなければならないという緊張感が、脳内で恐怖という信号へ変換されるのだ。現実世界で高いところに吊され滑り落ちるのは、どうせケガなどしないしどうやっても結果は変わらないと思えるから、怖くないのだろう。VRアトラクションを通し、怖さの正体について知ることができた。

三十二歳の初体験 22

ダンス教室

女性たちが笑ってくれ、
謎の男がいることによる
空気の硬さがとけた

二八歳頃からずっと、歌のリズム感向上のために、ダンスを習いたいと思っていた。二年前に歌番組に出演した際、他の方々は振り付きで歌っていた。僕だけ、尾崎豊や久保田利伸の歌を直立不動で歌った。声楽曲ならともかく、ポップスでそれはどうなのか。ステージングのことも考えねばならず、ダンスを体得する必要がある。

二八歳でなんとなくやってみたいと思い始めたダンスをやらないまま、三二歳になった。なにかをものにするには、それなりの年数を要する。四十代になる頃には家庭でももち自由が減るだろうし、肉体的な下降との戦いにもなってくる。三二歳は、なにかを始めて上達し、現役期間をそれなりに長く楽しめる、最後のスタート年齢なのではないか。やらなかった後悔はなくしておきたい。だから、つい最近始めた卓球に続き、ダンスも始めることにした。

自転車で行ける距離に、ダンス教室があった。電話で問い合わせると、入門クラスならどれでも予約なしで来て大丈夫とのこと。R&B系シンガーたちが歌いながら踊るダンスはどれなのか。動画を見たりした結果、JAZZダンスが近いのではないかと思った。平日の夜、JAZZダンスの入門クラスを受けに教室へ向かった。

「ダンス未経験なんですが、いきなりレッスンを受けても大丈夫ですか?」

「はい」

受付で名前等を書き、体験レッスン代を払い、スタジオへ入る。数人の女性がストレッチをしているので、僕もなんとなく股関節のストレッチをして場に馴染もうとする。やがて女性の先生がやって来た。僕以外四人のレッスン生も全員女性で、顔見知りの人たちらしい。十代から四十代まで一人ずついるふうに見受けられる。

「初めてということですが、どうしてJAZZダンスを始めようと思ったんですか？」

先生から訊かれた。

「えーっとぉ、なんでですかね。二年くらい前から気になってはいたんですけど、今日ようやく来てみました」

ちょっとひょうきん者っぽく答えると、女性たちが笑ってくれ、謎の男がいることによる空気の硬さがとけた。

「ようやく来てくれたんですね」

近くにいた女性が笑いながら言ってくれた。

「今日はゆっくりめに、確認しながらやっていきましょー！」

先生の声はよく通る。

壁一面の鏡に向かいながら、曲にあわせた基礎的な動作を行う。片足を上げながら身体を傾けたりという、筋力とバランス感覚に頼る動作はそれなりについていけた。下半身を床につけてのストレッチは、周りとのレベルの差を痛感させられた。僕は男の中では身体が柔らかいほうだが、入門クラスとはいえダンスをやっている女性たちの柔らかさには勝てない。

やがて、バレエにも通ずるつま先立ちの基本動作をやる。その他にも、胸を前にやったり背中を引いたりする動作を習ったが、お腹にある空気のボールを入れたり出したりするイメージでと言われ、やってみるとかなり難しかった。ミュージックビデオなんかで漫然とダンサーの動きを見ていても、ただ胸を出したり背中を引っ込めているようにしか見えなかったが、あのダイナミックな動きの内側ではこのような動作が行われているのかと、ダンスの奥深さを体感する。

「それじゃあ、残りの時間で振り付けをやります。お水飲む人は飲んで」

一時間ほど経過した後、先生に言われた。それまで裸足でやっていた人たちが上履きを履き始めたので、僕もジム用の上履きを履く。一ヶ月ごとに一曲の振り付けを通しで覚えるのが基本のようで、月半ばだからか、他の人たちはそれまで二週間分の振り付けを覚えていた。全部で十幾つのアクションがあり、ゆっくりと順に教えてくれる。足を引き一瞬で後ろを向いたりする動作が、高校時代に一時期通っていた伝統空手の正拳突きの型の練習に似ているなと思った。

速めの曲にあわせて一連の動きを通しでやると、後半が難しくついてゆけない。リズム感がどうこうの前に、言われたことをすぐ覚える記憶力が大事だ。やがてレッスンを終え、受付へ寄った。

「あの、私本読まないんですけど、羽田さんって、芥川賞の羽田さんですよね？」

「あー、はい」

受付の若い女性から訊かれた僕は、汗だくの状態で答える。

「ご入会はどうされますか?」

僕は入会手続きをとり、レッスン回数券も買い、未経験者にお勧めのレッスンについて訊いた。

教室から帰るときの充実感は、大きなものだった。ボイストレーニングは一〇年以上教わってきたし、卓球もつい最近始めたばかりだが、己の身体の隅々まで細かくコントロールする事に関し、ダンス以上にハードなものはない。球技は身体の軸の使い方やボールの飛んでくる場所の予測さえつけられれば、そういった要素を色々な競技で使い回しもできる。ダンスは、指の先や身体の奥深くといった、すべてに意識をむけなければならない。初めてのレッスンでも、自分の身体をコントロールする快楽を感じられた。以前出演したミュージカルの稽古でも、ただ立つことがいかに難しいかを知ったが、ダンスを習得し己の身体の使い方を覚えれば、他のスポーツや歌や演技など、身体を使うすべてのことにおいて上達をみこめるかもしれない。

帰宅してからも、大きな鏡の前で、習ったばかりの動きを練習した。次のレッスンが待ち遠しいし、HIPHOPダンスも習いたい。ある程度基礎ができるようになったら、コンテンポラリーダンスにもチャレンジしたい。自分が表現したいことを、小説ではなくダンスで表現するとか言いだす日が、ゆくゆくはくるかもしれない。

右記のように書いてから、一年以上が経過した。一週間のうちにＪＡＺＺダンスを二回、ＨＩＰＨＯＰダンスを一回というなかなかの頻度で三ヶ月間ほど続けた後、それぞれのダンスを週に一回ずつの計二回へシフトし、最近になってＪＡＺＺダンスへはあまり行かなくなった。

ダンスは、自主練習をしないと全然うまくならないということがよくわかる。一年以上続けていても、教室でやっているだけでは、人前で披露できるようなダンスはなにも身についていない。思えば今まで、ちゃんと身になったことはどれも、一人の時間でも好きで勝手にやっていたことばかりだ。そのことが好きで膨大な時間を費やさないと上達なんてしやしない。当たり前の真理を、再認識するばかりだ。

自主練するほど熱もないダンスを、特にＨＩＰＨＯＰをなぜ続けているかといえば、教室でやっている時間は楽しいというのと、仕事以外での〝相手の時間に合わせる〟ことを、なにか一つくらいは続けておかないとマズい気もしているからだ。

ＨＩＰＨＯＰダンスはかなり体力を使うから、仕事で忙しい日なんかは憂鬱になるほどだ。仕事でないのだから、忙しい働き盛りの自分は休養を優先させて、行かないという選択肢もとれる。しかし仕事でないからという理由で休んでしまえば、その思考回路がプライベートの色々なところでも発揮されてしまいそうで、そうなると本質的に自堕落な人間になってしまいそうだ。

だから、ダンスはこれからも細く長く続けてゆくつもりである。

三十二歳の初体験 23

人間ドック

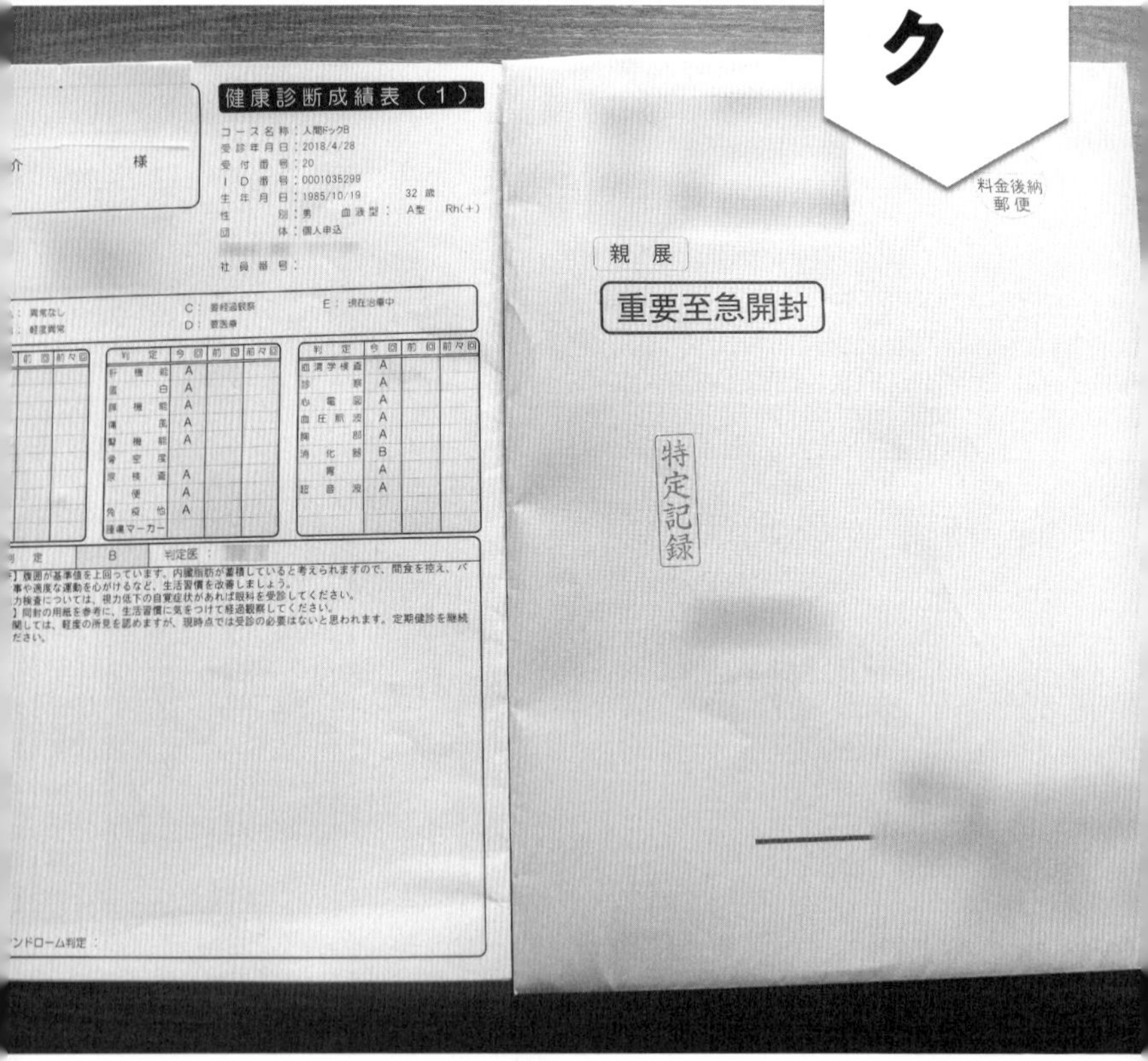

壊れかけの人間を演じているような心地

大学を卒業して以降、健康診断を受けたことがこれまで数回しかない。一年半だけだった会社員時代の休日に、赴任先の茨城から東京へと受けに行ったことが一度。芥川賞を受賞する直前の二九歳時に、治験のアルバイトをするため二度受けた。二一人から最終的に七人の被験者へと選ばれた治験前のスクリーニング検査は特に厳しく、そこで〝選ばれし被験者〟となった自分は、健康優良体であるとの自信をもった。

しかし芥川賞受賞後の不摂生な生活で、七二キロくらいだった体重はひどいときで八三キロになった。ジムに通いだしたのに、筋トレを言い訳に肉やプロテインを暴食し余計に体重が増えたのだから、目も当てられない。

数年ぶりに風邪をひいた際、内科医から血圧の高さを指摘された。

「そのご年齢で血圧が高くなる要因として、体重の増加が原因となっている場合が多いです」

食事を減らしだしてから、体重はゆっくりと減っている。じゃあそれで健康は大丈夫かと問われれば、うっすらとした不安はあった。会社員であれば年に一度定期検診を受ける仕組みがあるが、それがないフリーランスの自分は、治験アルバイトでのスクリーニング検査を最後にもう三年間、なんの検診も受けていない。

昔はよく都内でお腹が空いたとき、献血所にあるお菓子を暴食するのと引き替えに四〇〇ミリリットル全成分献血をし、血液の検査結果を郵送で送ってもらった。自分の健康体が金になると治験アルバイトで味をしめて以降、献血にも行っていない。献血を受けるとしばらく、治験アルバイトが受けられなくなるからだ。

今の自分の血液は、どんな感じなのだろうか。三二歳は微妙な年齢だ。三〇という一つの境目を越えてはいるし、がん細胞の分裂増殖という観点でみれば進行の早い若い年齢だ。血管や血液は生活習慣でどうにかなるとして、自分としてはがんや腫瘍などが心配だ。さすがに人間ドックくらい受けなくてはまずいよな、と思っていながら全然受けず、たまに口に出していたところ、当連載の担当編集者から強制的に人間ドックの予約を入れられた。

検査を受ける数日前に、クリニックから封筒が送られてきた。中に書類やスポイト等が入っていることを確認し、そのままにしていた。前日になりようやく中のものをちゃんと確認すると、二日間にわけて採取した便や尿が必要だとわかった。

それには焦った。一日分では駄目なのだ。せめて一昨日気づいていれば。幸いなことに、僕は下痢でもない普通の棒状のウンコを一日二、三回はする快便男なので、前日の夜と受診日当日の朝にいつも通り出せば、問題ないだろう。実際にそのとおりに便は出た。ただ、最近キノコ類やブロッコリーの茎部分等、意識しているわけではないが食物繊維をとりまくっているため、ウンコに刺し採取する棒に、繊維状のものばかりが付着した。これでちゃんと検査できるのだろうか。不安になった僕は、かなり多めに採取し、カプセルに入れた。

健康診断というと前日からかなり腹を空かせるイメージだったが、深夜〇時過ぎになにも食べなければいいというだけで、それに関し不自由さはなかった。

午前一〇時前に、渋谷のクリニックへ。診察衣に着替え、廊下で各検査に呼ばれるのを待つ。血圧測定、採血、X線等、よくあるものをまずは受ける。腹部エコー検査は、過去に受けたことがあるかどうか覚えていない。ただ、腹回りにローションを塗られ、先の丸い検査機器で横腹までぐりぐりされるのはくすぐったく、あの心もとない感じは初めてだった。そして、胃内視鏡検査へ呼ばれた。

「鼻からをご希望されていますが、鼻がいいですか?」

女性の看護師から訊かれる。

「ええ。ただ、内視鏡検査を受けたことがないので、口と鼻のどちらがいいかはわからないのですが、どちらかというと鼻がいいのかなと思っただけです」

「鼻炎気味の方は、鼻の奥のほうが詰まって狭くなっている場合があるんですよ。だから口からの方がいいかもしれませんが、鼻に内視鏡を通す前に同じ太さの管を通し慣れさせるので、それで様子を見てからにしましょう」

というわけで、診察台へ横向きに寝転び、鼻に硬いゴムの管を通される。思っていたより辛さは感じなかった。

「検査中につばを飲み込んではだめなので、口を開けっ放しのまま、ぜんぶそのお皿に垂れ流しちゃってください」

口もとに皿を置かれる。口を開き涎《よだれ》を出しっ放しにしていると、段々と自分が、壊れかけの人間を演じているような心地になっていった。そのまま数分経った頃、男性の医者が来た。

「鼻がつかえるときに辛いかもしれません。喉もとを通るときも反応してしまうかもしれませんが、つばだけは飲み込まないでください」

そうして、内視鏡を鼻に入れられる。目のすぐ近くにある黒い管は細く、それがカメラになっているどころか簡単な腫瘍の切除くらいできてしまうというのだから驚く。無事に、鼻の奥のカーブを通過し、安心したのも束の間――

激烈な吐き気に襲われた。

内視鏡が、喉を通過しようとしている。侵入してくる管状の長い異物感に、全身が拒否反応を示した。胃液がこみあげてくるようだし、口の中が一気に唾液で満ちあふれる。それらを飲み込みたくて仕方ないが、下手をして気管にでも入れば本当に死ぬほど辛い目にあうだろうと我慢し、うめき声をあげつつ耐える。女性看護師が、背中を一定のリズムでトントンしてくれた。

喉もとを通過し胃の中に入ってしまえば、強烈な辛さも過ぎた。胃の中を突かれる感じも、どうとも思わない。視界の端にモニターが見え、自分の内臓が光に照らされカラフルに見えていることを不思議に思った。なんとなくいつも自分の内臓を思い浮かべるとき、色つきで思い浮かべるが、普段は光のささない闇の中にあるという当たり前のことに気づいた。

内視鏡を抜かれると、ゲーゲー言いながら唾液をぜんぶ皿に出し、うがいをした。廊下に出て、身長体重、視力、聴力の検査を受ける。その途中、廊下のベンチでぐったりしてしまっている女性に出くわした。彼女も内視鏡検査を受けたのだろうか。

視力検査だけかなり雑で、つい最近眼科で受けた精確な検査結果と比べ全く異なる結果となった。胃にはなにもなかったとのことで、血液検査等その他の結果は、数週間後に郵送されるという。

会計は、五万六一〇〇円だった。それにしても、五万円以上かかるとは高い。自分の健康状態を知ろうとすればそれくらいかかるのは当然なのかもしれないが、その高さがネックとなり受けない人も多いだろう。そしてなにかの病気になっても気づかず、その治療費のほうが高くつき、国の医療費も膨れあがる。内容のしっかりした健康診断を、もっと安く受けることはできないものか。

調べてみると、健康保険を安く済ませるために自分が加入している保険組合で、人間ドックの補助が出ることがわかった。しかも事後申請でも良いらしい。申請すると、指定の口座に二万七〇〇〇円が振り込まれた。だから実質、自分のもちだした費用は二万九一〇〇円だ。それなら毎年受けてもいいだろう。

その振り込みよりさらに遅れ、受診後一ヶ月後くらいに、クリニックからの封書が届いた。ジム帰りだった僕は特定記録扱いのそれを目にして、急に怖くなった。「重要至急開封」と印字されているのである。

マンションのエレベーターに乗りながら、いつのまにか発生していたがん細胞が増えまくっていたらどうしようと不安に。自宅で早速開封すると、腫瘍がある等の特別な記載はどこにもない。せいぜい、「腹囲が基準を上まわっています。」と書かれているのみで、他は正常だった。

驚かせやがって……。

自分が健康であるとわかると、現金なもので、人間ドックは数年に一度受ければいいんじゃないかという気になってくる。ただ、がん細胞とかは増殖するとあっという間らしいので、一度人間ドックを受けてしまった僕は、これから毎年受け続けるしかないだろう。みんなが受けているバリウム検査を受けたことがないので、来年は内視鏡ではなく、バリウム検査を受けてみようと思う。

三十二歳の初体験 24

ゴルフ教室

父親のゴルフバッグを ずっと邪魔に思っていた

二十代後半になった頃だろうか。同世代の中でも、ゴルフをやっている人たちが現れだした。共に一流企業に勤める友人夫婦や公認会計士夫婦だったりと、所得の高い人たちだ。三二歳になった今も、同世代でゴルフをやっている顔ぶれは変わらない。つまり、ゴルフをやる人たちは、二十代後半くらいから始める場合が多いのだ。

ゴルフといえば、昔自分の父親がやっていたという印象だ。打ちっ放しに何度かついて行き、家族でファミリー向けのコースにて遊んだこともある。あまり興味はもてなかった。父の部屋に僕の勉強机があり、机を中心に自分の領土をだんだんと広げていったのだが、何本ものクラブが入ったゴルフバッグをずっと邪魔に思っていた。父は町内会のゴルフコンペなんかにたまに出かけていたが、僕が中学生になった頃には、ゴルフをやらなくなっていた。

ゴルフより、カートや卓球といった、スピード感のあるスポーツのほうが楽しい。止まっているボールを打つことにまるで興味のない僕だが、たまにゴルフに憧れるときがあった。車が好きなので車雑誌等で新車インプレッションの記事を読んでいると、「トランクにはゴルフバッグが二個積めます」「後部シートを倒せばゴルフバッグが縦に積めます」等、積載性をはかる基準としてゴルフバッグがよく使われるのだ。東京ドーム○個ぶんの広さ、という表現方法みたいに。

バイクなんかと違った車のメリットは、荷物を沢山積めるところにある。しかし独身でほとんど一人で運転している僕は、そのメリットを享受できていない。ドイツ車のトランクにゴルフバッグを入れ、車でしかアクセスできないような千葉や茨城のゴルフ場へ、始発電車も走っていない時間帯に運転して行けば、二重三重に車のメリットを享受できる。

ついでによく聞く、仲間たちと朝早くゴルフに行って、温泉に入り料理を食べて帰る、という遊び方も羨ましい。学生時代の友人たちと居酒屋で集まっても、共に未来に向かってなにかしているわけではないから、昔話が多くなる。それはむなしいから僕はそういう誘いをわりと断ってしまう。ゴルフというゲームを中心にすると、ちゃんと〝今〟に目を向けた、集まる理由が生まれる。仕事が忙しくなっていった人たちがゴルフを始める理由は、そこにあるのかもしれない。忙しい者同士で集まるための、酒を飲む以外の共通言語なのではないか。だったら、この僕だって、ゴルフを始める可能性はある。

ゴルフ教室『コモゴルファーズアカデミー』を訪れた。カメラマンの運転するトヨタの車の両隣には、BMWの黒いSUVが駐まっていた。X1とX3という車で、共に、ゴルフバッグが何個も積める積載性を有している。他にもメルセデス・ベンツやアウディ等が何台も。

受付で料金表を見て、一時間の個人レッスンが二万円であることを知る。卓球教室であれば、同じ一時間の個人レッスンでも五〇〇〇円だ。四倍もの価格差があることから、いくら庶民にも親しみやすいものになったとはいえ、依然としてゴルフは金持ちのスポーツなのだと感じた。

ゴルフは、大学一年の後期の授業で、何回かやったことがある。しかし体育の先生による、クラス単位での指導であったため、ちゃんとしたフォームも身につかないうちに修了してしまった。スイングする度に、段々と左腕の関節が痛くなっていったのを覚えている。

まずはストレッチのトレーナーがやって来て、ゴルフの動きに必要なストレッチを行う。マットの上に下半身をつけ、短めのストレッチポールを用い、横腹を伸ばし、胸を回転させる。習い始めたばかりのダンスといい、最近の僕はストレッチの動作ばかりしている。ただこういう特殊な基礎トレーニングは一四年前の大学の授業ではやらなかったから、それだけでも、ちゃんとプロに習っているという気持ちになれる。

トレーナーが交代し、ゴルフのレッスンになる。グリップの握り方から教わり、正しいスイングをすると笛の音が鳴る棒でしばらく練習する。やがて本物のゴルフクラブを持ち、小さなスイングの練習。ボールを使わず、ヘッドの下部を芝生に擦らす。慣れた段階でボールを使う。たまに空振りもしながら打つが、ボールを打とうとするとうまく芯に当てられない。さきほどの素振りを精確に再現しようとすると、結果としてボールが芯に当たりうまく飛んだ。

大きなスイングの練習もする。手首を柔らかくしてゴルフクラブを右に大きく振り、スイングする方向へ腰を向けるようにしながら左へ振り切る。段々と、自分の弱点がわかってきた。ボールが少し右側へと飛んでゆくのだ。

「初心者の九割以上の方は、ボールが右側へ飛びます。それを直すには、ボールに当てる直前に、ヘッドの向きを変えるしかないのです。動作としては簡単なもので、丸いドアノブを軽くまわすような感じです」

言われたとおりにすると、ヘッドの芯に当たり、ボールが真っ直ぐ飛んでいった。芯で捉えた時特有の音が響き渡ると、快感を覚える。繰り返して疲れてくると、集中力がなくなったのか、また右へ飛ぶようになった。

止まっているボールを打つスポーツがこんなにも難しく、奥深く、理論的に上達しがいのあるものだとは思っていなかった。よく駅のホームなんかにて、傘でスイングの練習をしているおじさんたちがいるが、今までは彼らを滑稽な存在として見ていた。しかしたった一時間でも真面目にゴルフの練習をした身からすると、傘スイングのおじさんたちが、隙間時間でも思わず練習してしまうほどの、向上心のかたまりに見えた。今よりなにかを上達したいと感じている人たちは、現状に甘んじていないから素敵だ。

三十二歳の初体験 25

ラップ教室

嫉妬する同業者は無視
おまえらはどうせエコノミー

高校一年の終わり頃にヒップホップユニット、キングギドラのアルバム『最終兵器』を聴き、しばらくラップにはまった。キングギドラの歌詞や歌い方はけっこう強気で、社会派なテーマを多く扱っており、その頃日本でも増えていたポップ路線のラップと雰囲気が違っていた。男子校に通っていた僕も、恋愛や日常をテーマにした軽いポップなラップをテレビ等で見聞きすると鼻で軽んじるようなタイプで、もっとイラク戦争とか拉致問題のこととかを扱えよと思っていた。文学新人賞に応募するため、デビュー作となる『黒冷水』の原稿を、高校二年が終わる三月三一日の締め切り日に神田郵便局の時間外窓口へ出しに行ったのだが、その帰りも、線路沿いに御茶ノ水駅へ戻る坂道を歩きながら、キングギドラの『ジェネレーションネクスト』を聴いていた。未来を憂いながらも希望を抱くという歌詞と曲調が、一七歳だった自分の心情にあっていて、いっぱしになにかを憂うしかめっ面で歩いた。大学付属校通いで受験勉強の必用もない、ただの実家暮らしの高校生ではあったが。

友人たち宛てに年賀状を作る際、ラッパーの格好をした自分の姿に、世界情勢と下ネタのラップの歌詞を印刷した。今考えるとあの頃、小説の次に、ラップが自分にとっての身近な表現だった気がする。キングギドラのメンバー、K DUB SHINEさんにならい、K had shineと名乗り、ＰＣで簡単なトラックを作り、作詞し歌った。

それから一〇年ほど経ち、大人数が出演するクイズ番組に呼ばれて出ると、同じ文化人チームにあのK DUB SHINEさんがいた。ヒップホップ界の重鎮と同じ場にいることがにわかには信じられなかった。しかし、クイズ番組に出演しているKダブさんは、平成ノブシコブシの吉村さんが「Kダブさんかわいい！」と大声で言うと、カメラに向かってお茶目なポーズをし、司会者から「全然かわいくないよ！」と突っ込まれるような洒落っ気まで披露していたのだ！
数ヶ月後に出演した際にもまた一緒で、キングギドラを聴いていましたと挨拶すると、「友達になろうよ〜」とKダブさんはものすごくフレンドリーに接してくださり、連絡先も交換した。当然、Kダブさんがリリースしてきた楽曲をすべて聴き直した。

朝の情報番組で政治ネタについて触れる機会が多く、思うところもあったりすると、それをラップにしたい、と度々考えるようになった。最近は色々な習い事を通し、プロから教わったほうが一瞬で上達できるということを感じているから、ラップ教室へ行った。

講師のマチーデフさんとは以前に、とあるミュージックビデオの撮影現場で御一緒させていただいていた。しかしエキストラ含め大人数の現場で、ちゃんと挨拶はしていなかったから、実質的には今回が初対面である。ホワイトボードの前に座り、座学から始まった。ヒップホップというカルチャーの中に、ラップ、DJ、ブレイクダンス、グラフィティーアートがあり、ラップはリズムで成り立っている音楽だと教わる。
「これまでのところで質問ありますか？」

「あの、今ってフリースタイルラップとか、バトルが流行ってるじゃないですか。スポーツ的な反射神経でやってる人たちってていうか。いっぽうで十数年前とかは、作りこんだ楽曲派の人がほとんどだったじゃないですか。両派閥の抗争とかってあるんですか?」

マチーデフさんによると、各々内に秘めた思いはあるのかもしれないが、プロ同士によるそういう表だった対立はないという。ファン同士が対立する場合はあるそうだが。マチーデフさんはどちらかというと作りこんだラップが得意で、それと比べるとバトルみたいなものは得意でないと謙遜された。ただ一〇年ほど前、とあるラップバトルにて、悪くて有名なグループの一人と当たった際、その極悪ラッパーに勝ってしまった。すると帰り際、極悪ラッパーグループに囲まれ「さっきのはどういうことだ⁉」と因縁をつけられたという。実際に暴力をふるわれはしなかったらしいが、それを見ていた周りの人たちが勘違いし、「マチーデフが〇〇にボコられた」というデマが広がったという。そんなことも今の時世には皆無だそうだが。

リズムの練習に入ると、段々と難しくなっていった。「タ・カ・タ・カ」「タカ・タカ・タカ・タカ」という表拍でのリズムどりから、裏拍、「タカタ・タカタ・タカタ・タカタ」といった三連符等、どんどん速く難しくなってゆく。滑舌の悪い自分には、もっと練習が必要だ。そしてそこに、格好いいラップの本質が宿っているのだと知った。過去に歌のトレーニングでも、様々な種類のリズム取りの難しさを痛感していて、ラップは喋るように歌うからそこまでの音楽的技巧は必要ないかと思っていたが、違った。リズムに特化しているから、クラシックや普通のポップスよりよほど、リズムに関しては技量が必要なのだ。

韻の踏み方についての勉強もする。十数年前の僕は、「公私混同」「コンドーム」とつなげた際の「コンドー」という音のように、子音も母音も同じにする韻を多く踏んでいた。しかし、母音だけを揃え子音は変える韻の作り方を習い、その手本としてYouTubeでKREVAのライブ映像を見せられた。『47都道府県ラップ』という曲内で、「どっか行こう　北海道　次はあそこに　青森」というふうに、「oaiou」「aooi」と母音だけをあわせる非常に上品な韻の踏み方をしているのだ。曲が進むにつれて、ぼうっとしていると韻を踏んでいるとは気づかないが、なぜか心地よく感じられるほどの控えめの韻が多くなってくる。高校時代は全然気づかなかったが、三二歳の今、少しラップを勉強して聴いてみると、ゆっくりのテンポなのにリズムの感じられる歌い方や、大声を出しているわけでもなく喋っているだけで感じられる声の倍音等、「KREVAすげー!」とその凄さに気づかされた。

いよいよ、自分のラップを作る。事前に、自己紹介や今考えていること等を書き出してくることを勧められていた。

「羽田さん、どんな歌詞にしますか?」

「ギャングスタラップにします。昔は貧乏生活だったけど、芥川賞をとって今やビッグマネーやビッグドリームをつかんで皆に羨ましがられ、ザコは無視する、みたいな。でも終盤では、本がまだまだ読まれていないから俺の本当の戦いはこれからだ、という謙虚な感じで」

「いいですね！」

原体験としてキングギドラに影響を受けている僕はやはり、強気なラップを作りたがる。僕の草案を見ながら、先生と一緒にホワイトボードに記し考えてゆく。「17歳で小説家デビュー」という上の句をまず作ると、「家デビュー」の母音「aeu」を尻にもってくることを考え、「掴んだチャンスマジ活かせず」というふうに下の句を作る。マチーデフ先生いわく、ラップの歌詞作りにおいて、そんなに沢山言いたいことなんて出てこないよという人は多いらしいが、実のところ母音で韻を踏むことからの逆算というふうに、システマチックな感じで歌詞は作れるのだ。あとは、それの繰り返し。実際に歌ってみて調節し、歌詞が出来上がった。

〈17歳で小説家デビュー　掴んだチャンスマジ活かせず／年収は200万円台　でも書くのはやめねーぜ絶対／12年目でついにやったぞ　日本一有名な芥川賞／今じゃ十数倍の稼ぎ　周りの奴らの憧れに／行きまくる全国各地　嫉妬する同業者は無視／おまえらはどうせエコノミー俺はファーストクラスで背も伸び／だが講演会に来るマダム　9割は俺の本買わず／金だけ入っても仕方ねえ　渾身の俺の作品皆買え〉

歌の練習に入ると、三連符のあたりが難しかったり、後半で疲れてくるにつれメリハリがつかなくなってくる。

「ちょっと、気分変えます」

そう言った僕は、鞄から取り出したキャップを斜めにかぶった。そしてマイクを持ってみると、さきほどまでとはうって変わり、リズムやメリハリのつけかたも良くなった。メロディーに頼れないから、その中でメリハリをつけようとすると、演劇的なやり方に近くなった。だから、威勢の良さそうな格好をすると役に入り、身体から発せられるラップも良くなるのだ。完全に熱中してしまい、二時間半の予定で借りていたスタジオを一時間延長し、トータルで三時間半もやっていた。

「ありがとうございました」

午後七時過ぎに千駄ヶ谷でマチーデフ先生と別れ、僕はカメラマンの車で渋谷のＮＨＫまで送ってもらう。生放送で、皇室番組に出るためだ。さっきまで「嫉妬する同業者は無視」というような強気のギャングスタラップをノリノリで歌っていた男が、ＮＨＫの生放送の皇室番組で喋るとは、落差が大きすぎると思った。ただ、慎重に言葉を選ぶという点においては、通じている部分があるのかもしれない。

三十二歳の初体験 26

サッカーW杯観戦

吉本新喜劇でも見ているようで
面白かった

午後七時半に新幹線で新大阪駅へ着き、タクシーで朝日放送へ向かっていた。幅の広い川を渡す新淀川橋を通っているとき、進行方向左側に、赤みがかった満月が見えた。後で知ったが、ストロベリームーンというらしかった。

『教えて!NEWSライブ正義のミカタ』は東野幸治さんがMCを務めるニュース番組で、二~三ヶ月に一度ほどのペースで呼んでもらっている。いつもは土曜の午前中に生放送されるが、たまに収録回がある。この日は収録回であった。そしてスタッフさんより前日にとある提案をされていた。収録後に食事がてら、サッカーワールドカップの日本対ポーランド戦を観戦しないか、と。

サッカーのワールドカップを初めて認識したのは、自分が中学一年生だった九八年のフランス大会だ。二〇〇二年の日韓大会も、CHEMISTRYが開会式でテーマソングを歌っていたという印象がある。二〇〇六年のドイツ大会は、大学でとっていたドイツ語の授業でそれに関する文章を読んだ記憶がある。以降は、どこで開催されたとか、なんの印象や記憶もない。

サッカーに限らないが、オリンピック等、他人がやっているスポーツに興味がないのだ。たとえば音楽やダンスは人に披露するためにやるものだから、それを見て楽しむのはわかる。しかしスポーツは、プレイヤーが主観的に楽しむものだと思っている。だから、他人がプレイしている姿を応援して熱中できる感受性が、僕にはまったくない。

ただ、テレビ業界の人たちが収録終わりにサッカー観戦をするという、いかにも業界人的な行いの場に自分が居合わせてみることには、興味があった。前日にはメールで〈サッカーに興味がないのでたぶん行かないと思いますが、明日決めさせてください。〉と返信していたが、当日テレビ局に着くと、どうやら「みんな行く」らしかったので、僕も行くことにした。

北朝鮮問題や日本の老朽化したインフラ、漁業問題等についてパネラーである識者の先生方から色々なことを教えてもらいながら本番を終えた後、メイクを落とし、観戦会場である店へ行くことになった。ホンコンさんと元野球選手の桧山進次郎さんと一緒のタクシーに乗り、出発する。収録が終わったのは午後一一時前で、試合開始が一〇時半だから、もう開始から二十数分が経過している。大のサッカー好きらしいホンコンさんは、テレビ局の会議室で大きなモニターで見ながら出前でもとればよかったのではないかとスタッフに言っていた。タクシーが着くと、店へ向かってホンコンさんだけ走りだした。他の人たちと熱が違う。

飲食店の二階は貸し切りで、先に識者の先生方も来ていた。座敷の店で、大きなモニターに向かって前列、後列でテーブルがわかれている。ホンコンさん他サッカー好きの方々は前列に座り、僕は後列に座った。やがて東野さんや他の方々もいらっしゃった。今日は皆大阪のホテルに泊まりだから、独特な解放感が漂っている。

スタッフさんから、青いレプリカユニフォームが渡された。背番号七番のやつを僕も着る。

今まで一度もワールドカップの試合をまともに見たこともなかった僕が、ユニフォームを着て大画面の前で皆と一緒に観戦して、まるで熱狂的サポーターみたいになっているではないか。

今回の会の発起人である宮崎哲弥さんが、膝の調子が悪いとのことで、後列の端に座った。中途半端なクッションが最も膝に悪く、硬いフローリングの上に座っているほうがいいとのこと。

「二〇ミリリットル、水抜いたんだ」

「あ、そうなんですか」

膝の水を抜いたという宮崎さんの話を聞きながら僕は、言い出しっぺの宮崎さんはそれほどサッカーに熱を入れてはいないのかと思いもする。それとも熱を入れられないほど膝が辛いのか。前列の人たちは、出された酒やつまみにもほとんど手をつけないまま、声を出しながら試合を真剣に見ている。

「羽田くん、サッカーにあんま興味ないでしょう?」

「はい」

ビールをちびちびと飲みながら見ていると、同じく後列に座っている東野さんから言われた。完全に見透かされている。東野さんは、サッカーの試合自体は好きだが、ずっと見続けることができないとのことだった。五分くらいのダイジェストで見るのなら平気だが、試合展開に大きな動きがないまま九〇分間ずっと見続けるのが辛いとか。スポーツ観戦好きの種類にも色々あるのだなと知った。

後列の東野さんのまわりには、同じくそれほどサッカー観戦に入れ込んでいるわけでもない識者の先生方が集まっていて、やがてサッカーそっちのけで、本番では話せなかったような中国、北朝鮮、ロシア、漁業問題の話になった。米国のトランプ大統領はトンデモ発言をする騒がせ人のように映っているが、実は前任のバラク・オバマも政策内容は本質的に同じでアメリカファーストへと継続的に移行し続けてきた事実、中国は一対一の外交にもちこんだら強くどの国も勝てないこと、海上の当たり屋の存在等……試合中に、僕はどんどん見識を深めてゆく。

「まあ、ワールドカップ期間中は学生も授業来ないですね」

識者の中には大学の先生が多いから、そんな会話も交わされているうちに、前列の人たちが大声を出した。

「川島！　遅い！」

ゴールキーパーの川島氏の顔のアップが映されたのでポーランドにゴールを決められてしまったのかと思ったが、危ないところで敵のシュートを防いだのであった。ギリギリで敵の攻撃を止めたのに、動きが遅かったからという理由で怒られるとは。ここへきて僕は、熱狂的サッカーファンたちの、選手たちにかける期待の高さと厳しさを体感した。少し遅れて何人かが、「遅い、じゃなくて、ナイスキープですよね」と笑う。

ハーフタイム中に慌ただしく飲食し、また後半戦を迎える。すると、試合終了一四分前にして、日本がポーランドに一点入れられてしまった。そこから、場の空気が変わった。

「俺、東野さんとサッカーの試合見て、日本が勝ったことないねん。ドーハの悲劇も」

ホンコンさんが不吉なことを言う。東野さんも笑っているが、本当にそうらしい。このままでは日本が負ける。と思っていたら、途中から日本の戦術が変わった。あまり攻めず、時間稼ぎをしている。スマートフォンで、同時開催中のコロンビア対セネガル戦を視聴している人が、試合経過を逐一報告する。その時点で、コロンビアがセネガルに一点リードしていた。

「このままだったら日本勝てます！」

日本はポーランドに一点取られているのに勝てるとは、どういうことなのか。どうやらフェアプレイポイントというのがあって、僕には仕組みがわからないが、日本がポーランドにこれ以上点をとられず、コロンビアがセネガルに勝てば、日本は決勝トーナメントに進出できるらしかった。だから日本は、絶対にポーランドに点を取られないままやりすごし試合終了を迎える戦術に切り替えたのだ。

それに気づくと、場の雰囲気は賛否両論になった。否のほうが多い。「ポーランドに負けてるのにやり過ごそうとするなんて恥ずかしくないのか」、というホンコンさん派の野次が飛んだかと思えば、「こんな野次にだまされるな」という日本の戦術肯定の東野さん派の意見も飛ぶ。「いいですこのままで」派対「向こう次第（セネガル対コロンビア戦）っていうのも」派のぶつかり合いだ。

残り四分の時点で、テレビの中でも、ブーイングがとびまくっている。僕も日本の戦術の不自然さを感じていた。識者の先生方も、日本にこういうズルく賢い戦術がとれるなら、日本政府の外交も同じようにズル賢くやればいいのにと話したりしている。

やがて日本がポーランドに一点取られたままで試合は終了したが、それで終わりではない。セネガル対コロンビア戦の結果で、日本の決勝トーナメント進出が決まるのだ。数分遅れで、コロンビアがセネガルに勝って終わり、日本の決勝トーナメント進出が確定した。

ようやく皆で喜び、ハイタッチが交わされる。すると掌をかえしたように、日本のやり過ごし戦術を否定していた人たちが、「日本よくやった」と言いだした。

「スポーツは過程じゃなく、結果ですから」

元野球選手の桧山さんが言い、みんなが同意する。途中の試合運びはどうかとも思ったけど、日本よくやった。スポーツは結果が大事。前列の熱狂的な人たちのその掌の返し方が、吉本新喜劇でも見ているようで面白かった。

三十二歳の初体験 27

黒染め

自己流のやり方をしてはいけない

黒い服が好きだ。冬場なんか特に、気づくと、上から下まで全身真っ黒の格好をしている。全身真っ黒は秋葉原にいるオタクみたいでダサいという風潮があるが、オシャレな人たちは素材の違う黒い服を組み合わせ、モダンで格好いい感じに仕上げたりしている。そういう自分は、すべて綿素材の、秋葉原系の黒ずくめなのだが。

それでも、暖色と寒色がごちゃまぜのカラフルな格好よりは、黒のハードな雰囲気で統一したほうが自分にとってはマシだと思っている。服ごときで毎日悩みたくない。それに最近の僕は色白だから、明暗のコントラストで黒はわりと似合う。

しかし黒い服は、色落ちしやすい。去年の夏に洗濯機をドラム式に買い換えてから、それが顕著になった。ドラム式洗濯機は洗浄力が強いぶん、色落ちも強い。温水で洗うと特に色落ちする。生地やシルエットは問題ないのに、色落ちし赤茶っぽくなってきたから捨てた黒シャツや綿パンツ等はいくつもある。黒い帽子は「染めQ」という顔料スプレーで再塗装した。

とあるTV番組のロケ撮影中に、女優さんが白いシャツにコーヒーをこぼした。その時、これも黒染め決定かな、というようなことをおっしゃった。ふと、黒染めという方法があるのだと知った。そういえば以前、古くなった服を真っ黒に染めリメイクするという京都の老舗工場の特集をなにかで目にし、格好良いと感じた記憶がある。

ダイロンのプレミアムダイという商品を買った。一袋でTシャツ二枚分、繊維量にして二五〇グラムまで染められる。染めたい服をいくつか選んだ。四〇〇〇円くらいで買った無印良品の薄緑色のシャツと、アメリカ製の五〇〇〇円のロイヤルブルーのTシャツが、今の自分の気分ではない。他にも色落ちしたブラックジーンズ、黒いスウェットズボンなど色々あるが、まずは規定通りにやってみることにした。

ボールに四〇度のお湯を五〇〇CC入れ、染料を溶かし入れる。そしてバケツに四〇度のお湯を六リットルと塩二五〇グラムを溶かし、先述の溶液を混ぜる。真っ黒な液体ができあがった。そこに、緑色のシャツと、ロイヤルブルーのTシャツを入れ、一五分間もみ続ける。小学生の頃に学校行事で行った、藍染めのことを思い出した。あの時は、まだらな藍色に染まった大きめのハンカチを、貧乏くさい色だなと感じた。

バケツの中で揉んでいるうちに、もっといけそうだなと思い、白いTシャツを一枚追加した。四五分間放置して、絞りながら三枚を取り出す。そこから水洗い後に脱水、自然乾燥させればいいのだが、僕はその三枚を台所のシンクの端に置いたあと、ジーンズやスウェット、色落ちした黒Tシャツ数枚等、残った溶液で染めることにした。温度が高い方がいい気がしたので、六リットルの圧力鍋に溶液を移し、五〇度ほどにまで加熱させる。そこに追加分を入れ一五分もみ、放置。その間に、色落ち防止についてネットで調べると、塩と酢を溶かした五〇度のお湯に三〇分から一時間漬けておくといいとあった。

取り出した追加分も、まあまあ染まっていた。バケツと圧力鍋それぞれに五〇度のお湯と塩、酢を溶かし、染めた服を分けて入れた。ドラム式洗濯機に入れて、水洗いと脱水だけさせる。取り出したとき、あれ、と思った。

どれも、思ったより染まっていない。

緑色のシャツは黒とまではいかない濃い緑色止まりで、ロイヤルブルーのTシャツは紺色の手前になったくらいだ。白Tシャツは薄めの海の色みたいになった。つまり全体的に、濃い藍染めみたいな仕上がりだ。ただ、陰干しで空気に触れさせたら、酸化等で違うように発色してくるかもしれない。夜中の三時過ぎに、ベランダにすべて干した。

翌朝見ると、昨夜見たときと色はほとんど変わっていなかった。黒くなかった服は黒くなっていないし、色あせしていた黒色の服はあまり黒色を取り戻せていない。ただ、明るいところで見るそれらの服の仕上がりは、黒ではないものの、けっこういいなと思えた。濃い緑色のシャツは英国ふうというか大人の渋さが醸し出せていたし、紺色手前と薄い海色の二枚のTシャツは、アースカラーというか、地球に昔から存在するものの色として、自然さが増していた。夏のゆったり感が、それらのTシャツを着ることで演出されそうだ。

ともあれ、学んだことがある。商品の説明欄に記載されている用量や手順等は、ちゃんと守らなければ駄目なのだ。基礎もできていないうちに、自己流のやり方をしてはいけない。黒に染めたければ、黒に染められるような正しいやり方で、次回はやろうと思う。

三十二歳の初体験 28

四時間かけた女装

出てきちゃってる……

テレビ番組『今夜はナゾトレ』（フジテレビ）の企画で、女装をすることになった。僕が約四時間にわたり女装メイクを施される様をＶＴＲ撮影し、別日にそれをスタジオ収録の現場で逆再生し、〝女〟の正体が誰であるかを出演者の方々が早押しで当てるというものだ。

女装自体は、初めてではない。大学のサークルで映像を作った際、何度か女装した。いかにも大学生の考えそうなことだ。初めて女装したのは大学一年の五月頃だった。

当時、髪を染めたことも、眉毛を整えたこともなかった。女装するのは僕だけで、衣装選びからメイクまで、女の子たちがノリノリでやってくれた。濃い眉毛を毛抜きで抜かれるのは激痛だった。一人の女の子がやけに僕の眉毛を抜くのを楽しんでいて、執拗にやられた。あれはなにか、荒野を開拓するような快楽が彼女の中にあったのだと思う。抜かれるだけでなくコームとはさみで薄くされると、眉毛のまわりに、肌の白い部分が現れた。それまで日にさらされていなかった部分が、むき出しになったのだ。眉毛によるＵＶカット効果の高さを初めて知った。

まつげを曲げる金属の器具を目に近づけられぎゅっと曲げられた際は、中世ヨーロッパの拷問器具でもてあそばれているような気がしたし、すね毛や腕毛を大学のシャワールームで剃ったあとはしばらく、短く硬い毛が長ズボンの生地やベッドのシーツと擦れてチクチクするのがしんどかった。下北沢へ皆と一緒に買いに行った女物の服を実家の部屋に置いていると、母親

から、

「あんた、あの女物の服はなに?」

と語気強く、そして戸惑いも強い口調で詰問された。個人的な女装癖があるとでも心配されたのだろう。撮影で使ってると説明しても、しばらく怪訝そうな顔をされた。

といった経験はあるものの、プロのメイクさんにより約四時間かけて念入りに施される、本格的な女装は初めてとなる。スタジオに行くと、動画撮影用の何台ものミラーレス一眼カメラやスタッフさんたちが並んでいる。動かない被写体を撮るには、従来のビデオカメラよりミラーレス一眼カメラのほうが綺麗に撮れる。それが最近の流行だ。つまり今日は、僕を綺麗に撮っちゃうということなのか。

初夏の暑い日だったので、なかなか汗がひかず、クーラーを全開にしてもらった。メイクの前に、おっぱいだけ作っておくことになった。

「ヌーブラとブラトップ、どちらにします?」

目の前に置かれているのは、薄いシリコンのヌーブラと、ユニクロ製の薄いパッド入りブラトップだ。てっきり、もっと分厚く巨大なパッドを入れるものだと思っていた僕は、頼りなさを感じながらも、ユニクロのブラトップを着用する。するとパッド自体は薄いのだが、地肌から離れるように反り上がることによってボリュームは出て、その上から服を着ると、巨乳が完いのだ。

成した。必ずしもパッドの厚みは必要ないのだと知った。パッドの内側はスカスカでも問題ないのだ。

以前、中学からの友人たちと話していて、十数年前までと比べ最近の若い女性たちのバスト
サイズの平均は上がっているという話になった。友人Aは、食生活が変わったからという主張。友人Bは、下着による補正技術が上がったという意見。僕は、情報を得やすくなった今、一六歳頃までは無理なダイエットをせずブラジャーをつけずにいるとそれなりに胸が発育するという研究結果を皆が知っているからだと主張。たしかめようがなかったからその話はすぐに終わったが、自分でブラトップをつけてみてわかった。友人Bの意見が正しく、わざわざ気合いを入れてパッドを入れなくても、着心地が良いままに簡単に胸を大きく見せられる下着が増えたのだ。だから今後は、街を歩いていてもだまされないぞと思った。

やがてカメラの前で、男性メイクさんによるメイクが始められる。

「眉毛、それなりに剃ってもいいですよ」

「大丈夫です。このままで」

まずは眉毛を糊で固め、その上から肌色のなにかを塗り、眉毛を消してゆく。そういえば僕が今のようにメディアでもてはやされるようになったのは、芥川賞選考会当日にデーモン閣下のメイクをしていたからというのも大きな要因ではあり、その際も、己の眉毛をある程度白く

塗りつぶしたのだった。

「ああ、段々個性なくなってきた」

周りの人たちがそういった感想を口にする。

「皺《しわ》が少ないから、やりやすいです」

メイクさんが言った。同番組では普段、もっと年上の男性芸能人たちに女装メイクを施す場合が多いという。芸能人たちは外での撮影やゴルフとかハワイで日焼けしている人が多いから、在宅仕事で色白の僕に関しては、皺を消す作業が不要なためやりやすいらしい。ただ――。

「あれ？　なんかまた段々、出てきた」

「ほんとだ、出てきちゃってる……」

眉毛やその他顔のパーツを描いてゆく段階に移ってしばらくしてから、モニターを見ている女性スタッフたちが疑念の声を発し始めた。

「また羽田さんが出てきちゃってる……」

出ちゃってる、出てきちゃってる。

どうやら、顔の各パーツを塗りつぶし薄くのっぺりさせる段階までは、僕の顔らしさを剥奪することで劇的な効果があったようだが、パーツを足し濃くなってくると、僕の顔に戻ってきてしまうらしい。元とはだいぶ異なる位置に眉毛を描き、アイメイクも施しているはずなのに、どんどん元の顔が「出てきちゃってる」。そこからはメイクさんだけでなく、女性スタッフたちとの話し合いも交えながら、なんとか僕の本来の顔を隠す方向へのメイクが進められていった。頭髪をまとめるネットをずっとかぶっているので、頭も痛くなっていた。

ようやく完成し、初めて鏡を見ると、ケバケバしいギャルがいたので驚いた。

「かわいい！」

「すごい美人！」

同じ女性たちにそう言われると、気分も良い。三パターンの衣装に着替え、カメラマンの前でスチール撮影をした。セクシーなポーズをとるたびに、まわりの人たちから褒めてもらえ、快楽を感じた。自分もゆくゆくは、谷崎潤一郎のような怪しく変態的な官能世界を、小説で書き表すのかもしれない。

三十二歳の初体験 29

原作小説ドラマ化の現場

どこのどいつが
余計な記事を書きやがったんだ

約六年前に出版した小説、『盗まれた顔』がＷＯＷＯＷで連続ドラマ化され、原作者として撮影現場に呼ばれた。担当編集者とおちあい、タクシーで西新宿へ向かう。

原作小説は、警視庁捜査共助課で見当たり捜査に従事する刑事たちの活躍を描いたものだ。思いついたのは、『隠し事』という別作品の直しに悩んでいるときだった。夕方のニュースで、指名手配犯数百人ぶんの顔写真を記憶し、雑踏で見つける忍耐強い捜査を行う刑事たちの特集をやっていたのだ。すぐさま、これは自分の小説のテーマに相応しいと興奮した。資料をとりよせ、実際に新宿で見当たり捜査ごっこをしたりして、小説を執筆した。見当たり捜査そのものの独特な身体性に興味があって書いたのだが、結果的に書店では警察小説として扱われた。刊行当時、まだ全国各地の書店では「純文学」と「エンターテインメント」のコーナーが分かれていて、デビュー以来僕の作品は「純文学」に置かれてきたのだが、『盗まれた顔』は「エンターテインメント」に置かれた。警察が出てくるとそう分類されるのだと、新鮮に思った。現在、書店における文芸書のスペース自体が縮小され、「純文学」と「エンターテインメント」の区別もない。文芸書ごと隅っこにおいやられている状況だから、かなり悲惨だ。

タクシーで向かっている最中に聞いたのだが、七月頭から行われていたドラマ撮影は一ヶ月強経ち、終盤にさしかかっているとのことだった。ラストの、主人公の刑事白戸が雑踏の中を歩くシーンを今日は撮るのだという。土曜の朝で、西新宿の道は空いていた。撮影するために、人が少ない日時と場所を選んだのだろう。タクシーで少し迷っていたが、黒っぽい服を着た人間の固まりがあり、それが撮影隊だとわかり下車した。

「アクション！」

監督の大声で、スーツを着た男たち数人が地下の広場を見下ろし、階段を下りてゆく。後ろ姿しか見えないが、最も長身の人が、白戸を演じる玉木宏さんか。さすが俳優さんは雰囲気がある。そのシーンの撮影が終わり、全員で地下に降りる。すると、玉木さんだと思っていた人は玉木さんじゃないとわかった。

次のシーンの段取りに移ってからようやく、白シャツを着た人が玉木さんだとわかった。

「カット！」

監督の合図でそこらを行き交っていた大勢の人々の動きが突然止まったため、気味悪く思った。なんと、その場にいたほとんどの人たちが、エキストラだったのだ。スタッフたちにより次の立ち位置を細かく指示され、監督による「アクション！」の一言でまた突然動きだし、「カット！」で電池が切れたみたいに停止する。今は映り込みに厳しい世の中だから、雑踏の画が撮りたかったら、そうするしかないのだ。人間で風景を作る光景は異様で、大勢の人間を埋めて堤防を作ったという昔話をなぜか思いだした。

女性刑事役の内田理央さんが近くにいて、大勢のエキストラたちの中、やはり本職の俳優は骨格からして別格で目立つと感じた。気さくに挨拶してくださり、互いのカメラでツーショット写真まで撮った。アクションシーンが大変だったという。続いて、主演の玉木さんに挨拶する。僕は『群青の夜の羽毛布』という映画で玉木さんを初めて知ったので、十代の頃から知っている俳優さんに挨拶となると少し緊張した。年下の僕にもかなりきっちりした挨拶をしてくださった。俳優という仕事を続ける中で、色々な現場で無数の人々に挨拶してきたのだなと感じさせる流麗さがあった。僕も見習いたいと思った。

段取り確認のあと、本番の撮影にうつる。モニターを見ている監督たちの近くに立ち邪魔にならないよう、僕はエキストラの人たちを見続けていた。手を繋いでいる母と娘ふうの人たちが本当の親子なのかどうかはわからない。ＷＯＷＯＷのプロデューサーに訊くと、エキストラ事務所に所属している人たちの他にも、玉木さんのファンの女性たちだったりと、色々なところから集めているらしかった。

これから仕事に行きます、という忙しそうな顔をしている人たちも、自発的にエントリーしタダ同然で働いているのだなと思うと、その嘘っぽさに僕の意識はむけられてしまう。エキストラの中には玉木さんのファンの女性たちもいて、こんな近くで玉木さんを拝めるなんて興奮して仕方ないんじゃないかと思うが、彼女たちは一切、それを態度に出さないのだという。カメラが回っていないときに話しかけたり写真を撮ったり、カメラがまわっているときに少しでも変な視線を玉木さんに向け画に不自然さが生ずるのを避けている。だから、原作者がどかどかとやって来て一時間近く見渡しているだけでは、どの人たちが玉木さんのファンなのかも、全然わからない。たまにスマートフォンのカメラを玉木さんなんかに不躾《ぶしつけ》に向けたりカメラマンたちのことを振り向いたり僕のことを指さしている人たちがいると一般人だとわかるが、そうでない一般人とエキストラの違いもわからない。次第にこの中に、本物の見当たり捜査員や指名手配犯なんかが紛れ込んでいてもおかしくないと思えてきた。

原作者がその場に居続けるのも邪魔だろうと思い、途中で切り上げ、タクシーで帰った。『スクラップ・アンド・ビルド』がドラマ化されたときもそうだったが、僕はドラマ版の脚本に口出しはしない。小説とは別物だ。原作者だからといって邪魔してはいけないとさえ思っている。なんなら、完成した映像を見てこちらが激怒するくらいにやってくれてもいい。映像作品がひどければ、原作の素晴らしさをもち上げてくれる人も出てくる。どっちに転んでも、損はしないのだ。

約二週間後、ドラマ撮影終了にともなう打ち上げに呼んでもらった。幻冬舎の担当編集者と、六本木の大勢入れる店に行く。会の途中で、スチールカメラマンが撮影していた現場写真のスライドショーがモニターに映し出された。撮影現場の近くの店でスタッフや俳優たちがおちゃらけてる写真を見て、皆が爆笑する。真夏の撮影現場がどんなものであったか、僕も段々と把握していった。皆が笑うポイントでも、僕は全然笑えない。それも当然で、撮影現場でなにも共有していないからだ。

「もうこのドラマは、僕の手を離れたところで皆さんにより作りあげられたものなので、原作者どうこうではなく、赤の他人として放送を楽しみにしております！」

原作者として求められたスピーチの最後にそう言うと、いくらか笑いをもらったが、本心だった。『盗まれた顔』の小説は、東京郊外に住んでいた二十代半ば、外へ遊びにも行かず孤独に書いていた。だから、孤独に書いた作品がドラマ化されるにあたり、大勢のスタッフたちや玉木さんらに現実世界で影響を及ぼしているのだと考えると、嘘が現実になってしまったかのような不思議さを感じた。ここでも二次会には行かず、僕は一次会が終わるとタクシーで帰った。

打ち上げから数日後、版元である幻冬舎の担当編集者を通じ、WOWOWのプロデューサーから謝りの意を伝えられた。どうやら、九月の公式発表を前にして、先日の打ち上げに関する記事を、写真週刊誌に抜かれてしまったのだという。

編集者から送られた「ドラマ化情報解禁でお詫び」という題のメールに参照されていたURLをクリックすると、打ち上げ会場から出てくる玉木さんの写真のあと、ドラマ撮影に関するものや、打ち上げについての記事が書かれていた。

どこのどいつが余計な記事を書きやがったんだ、と思い確認すると、『週刊女性ＰＲＩＭＥ』であった。なんと、僕がこのエッセイを連載している本誌の、ＷＥＢ版である。

僕は特に変装もせず一次会会場からタクシーに乗り帰ったのだが、僕に関する記載は一切ない。単に気づかれなかっただけかもしれないし、ひょっとしたら『週刊女性』に書いている執筆者として一応、気を遣われたのかもしれない。真相はわからない。ともかく僕は、幻冬舎の担当編集者を通じ、「週刊女性で連載をしているにもかかわらず、原作者として記事を止める力がなく、すみませんでした……。」と謝りのメールを送った。

※P177の写真は『週刊女性』張り込み時に撮影されたもの

三十二歳の初体験 30

パーソナルカラー診断

北欧の刑事です

TV番組のロケ撮影のため、品川駅新幹線南改札口に集合だった。女性ADと落ち合い、小田原に向かう手はずだ。自分はシアサッカー生地の黒いパンツに、黒スニーカー、グレーのウィンドブレーカーに帽子という、全体的に暗い格好で立って待つ。数メートル離れたところに二十代半ばほどの女性がいるが、その人がADなのかどうかはわからない。ADだったら僕の顔を知っているはずで、声をかけてくるだろう。しかし時間になっても誰からも声をかけられなかったため、事前に郵送されていた新幹線チケットで、新幹線に乗った。

小田原駅で下車すると、「羽田さんですよね？」と、さきほどの女性から声をかけられた。やはりADだったのだ。声をかけづらかったのだろう。夕方まで撮影をし、夜に自宅へ帰り着いたあと、思いだした。明日はパーソナルカラー診断を受ける。よく着るコーディネート数パターンの写真を事前に送ってくれと頼まれていた。TV等のマスコミに出る際の格好と、近所を歩く際の黒ずくめの格好、クローゼットの中の写真も送った。本誌担当編集者に対し、パーソナルカラー診断を受けるとは答えたものの、クローゼット内の服も捨てまくり、必要最低限の機能的な服しか残したくないと思っている僕としては、明日診断を受けて買い物に同行してもらっても、なにも買わない可能性が高いとも伝えてある。ごてごてとカラフルな格好で己を飾りつけたくはないから、秋葉原のオタクや洋画に出てくる殺し屋みたいな全身真っ黒の服だけでじゅうぶんだ。

翌朝、『ユアスタイル』の岩崎郁子さんのもとへうかがった。

「思ったより背高いんですね」

岩崎さんから言われるが、「そうっすかね」と答える。まずは肌の横に色々な布をあてがってみての、肌色診断が行われた。僕はもう一〇年くらい色白なのだが、色白にも黄色っぽいのと赤っぽいのと二種類あるそうで、僕は赤っぽい色白だった。岩崎さんはネットなどのメディア情報からの事前判断では、黄色みを帯びた白だと思っていたらしかった。

肌色を良く見せるパーソナルカラーは、イエローベースのスプリングにオータム、ブルーベースのウィンターにサマーの四種類に大別される。表を見る限り、僕はブルーベースで濃い色が多いウィンターの服を沢山持っているから、ウィンターで間違いないと思ったのだが、先生から「どちらかというとサマー寄りですね」と言われた。サマーもウィンターと同じくネイビーや白、グレー系の色を含んでいるのだが、淡い赤やパステルカラーの水色や黄色、ピンクなども含んでいる。

なぜだか、反発したいような気持ちが生まれた。十代の頃から洋服選びでは色々な間違いを犯してきたが、ここ数年はウィンターに分類される濃く暗めの色の服を揃えてきた。ウィンターの濃いめの生地により演出される世界観が好きなのだ。ウィンターとサマーの中間であると言われても、なんとかしてウィンター寄りにできないか、と抗ってしまう。

「羽田さんは実際にお会いすると大きいですし、まつげが濃くて目力もあるので、そんな人が全身真っ黒の服装だと、威圧感が出てしまいます。話しかけづらいというか」

岩崎さんからそう言われ、昨日のことを思いだす。品川駅で女性ADはおそらく、僕に気づいていた。しかし全身黒っぽい服装で立ちながら本を読んでいた僕に、話しかけづらかった。

そのことを話すと、それは威圧感のせいだと岩崎さんや編集者に笑われた。

「爽やかな色の服に替えるだけで、話しかけやすくなりますよ」

次に、様々な色の布を、胸から肩のあたりにかけてあてがい、めくってゆく。ネイビーや白、黒など、自分がよく着ているカラーが似合っているのは一目瞭然だ。パステルカラーのイエローやピンク、ラベンダー等の色も似合っていると岩崎さんから言われ、それを疑いたくなるが、女性編集者もうなずいている。自分だけの判断では似合っていると思わない色だったが、パステルカラーのイエローとピンクの半袖シャツは大学時代に着ていた。叔母からプレゼントされたものだった。結構長く着ていたから、自分でもそれを無意識下では似合うと感じていたのだろう。

「マスタードっぽい黄色みのある服が本当に似合わないですね。茶色やベージュも駄目ですね」

言われてみて、そういったカラーの服をこれまでほとんど着たことがないことにも気づく。最近、生成りっぽい服に憧れてはいたが、似合わないだろうなと思っていたから、諦めがついた。色々な布をあてがう中で、ディープブルーグリーンという鮮やかな色も似合うと言われ驚いたが、CM衣装でしか見ないような色が似合うと言われ、妙に気持ちが高揚した。

「ラベンダーや、パステルピンクのインナーなんかを買うといいかもしれません」

自分の肌色にあった色の服を着ると、肌色が良く見える。反対に、合っていない色を選ぶと、肌色が悪く老けて見える。僕の場合、明るめの色を上半身にもってきたほうが良いとのことだった。

ただ黒だけは例外で、無彩色なので、似合う人は似合うらしい。眉毛やまつげの濃さが、僕の場合は黒と適合しているとのことだった。

「羽田さんは、どういう格好になりたいですか?」

岩崎さんからの質問に、少し戸惑う。ストレートにそう訊かれたことがなかったからだ。よく口にしているように、全身黒の服装を揶揄する言い方の「秋葉原のオタク」「殺し屋」と答えそうになるが、なにか違うと思い少し考え、口から出てきたのは、

「北欧の刑事です」

それには皆、当惑していた。僕もであった。家にテレビがなく見る映像といえば洋画や海外ドラマの僕にとって、格好いいと思う誰かの服装は、西欧人のものになりがちだ。ハードに仕事をしている人間の、無彩色を基調としたファッションに憧れているということなのか。

ジャケット等は黒で締めて、インナーを明るくすればいい。なんとなくそう方向付けたあと、時間があったので骨格診断もしてもらった。逆三角形など大別して三タイプあり、骨格に関する自己診断表に自分で丸をつけたあと、岩崎さんから見た客観的な診断と照らし合わせる。いくつもの項目が、自分の主観的判断と岩崎さんによる客観的判断とで違っていた。そして、今日着てきた服についても指摘された。丈の短いカーゴパンツは似合っていないという。ストレッチ素材の細めのパンツをはいたほうがいいとのこと。二十代半ばくらいまではそういうものをはいていたが、最近ははき心地の楽さを重視し、すっかりはかなくなっている。最近、裾を靴にバウンドさせない方が良いのではないかと思い、手持ちのパンツをまとめて丈詰めしたばかりだが、緩めのパンツでそれをやってしまうとただ短足に見えるという。初対面の人たちから「思ったより大きいですね」としょっちゅう言われるということは、メディア出演時に、似合っていない服装をしているということなのだろう。

買い物のため新宿へ車で向かう最中、岩崎さんからお客さんについての話をうかがう。夜行バスで来る熱意ある若い女性たちもいれば、もうじゅうぶんお洒落で自分に似合う服をわかっている女性も来るらしい。子供の頃からずっと親好みの服を着てきたがその呪縛を解きたがっている女性もいるとのことで、カウンセリングに近い仕事だと思った。僕もさっき、予期せぬ形で「北欧の刑事」を目指していたのだという、己の無意識に気づいた。医者等、先生と呼ばれる職業の人たちの一部は、自分の中で価値観が凝り固まっていて、自ら足を運んでおきながら、なかなかアドバイスを服選びに反映させられないという。流されやすい男のほうが、素直に似合う服を買うとのこと。

カップルでの利用もあるようで、女性同士の間で流行とされる服を女性が選ぼうとしても、連れの男性が「こっちのほうが似合ってるよ」と別の服を選んだ場合、岩崎さんから見ても、男性が選んだ服のほうが女性本人に似合っているものらしい。流行にのれているかどうかではなく、その女性に似合っているかどうかの判断に関しては、男性からの判断が正しい。意外に感じた。

高島屋の地下駐車場で車から降りたところで、僕は自分がメディア出演時に、自著の書影がプリントされたTシャツばかり着ていることを思いだした。

「書影Tシャツを見せるようにジャケットを羽織っているんで、今日はシャツとかのインナー、買わないかもしれません」

「ああ、そうですか……」

似合うから買ったほうがいいと言われたラベンダーのシャツ等を買わないと半ば宣言してしまってから僕はふと、ファッションに関する自我の強さに気づいた。今まで自分は、ファッションに興味がないから全身真っ黒の格好をしているのだと思い込んでいた。実際はその反対で、アドバイスを無視してまで黒を着たがるという、ファッションに関する非常に強いこだわりを抱いた頑固者なのだった。カウンセリングのおかげで、明らかとなった。

岩崎さんが事前に目星をつけてくれていたらしい、カモフラ柄のストレッチ素材のジャケットを羽織る。とても似合っていた。次に、ストレッチ素材の綺麗めなパンツ。はいてきたカーゴパンツよりシルエットが良く、おまけに楽だった。その後もいくつかの店で試着する。薄い羊革のシングルライダースジャケットが格好良く、ついノリで買ってしまいそうになるが、これまでの経験に照らし合わせ吟味する。暑がりの自分が実際に着るシーンはほとんどないだろうと、見送った。似合う似合わないは他人による判断が正しいが、着る機会についてのシミュレーションは、自分で行わなければならない。

結局、ストレッチ素材の綺麗なパンツだけ買ったが、色は濃いグレーだった。試着した他の服もすべて、黒かグレーで、色のついた服は一着も着なかった。それには自分でも愕然とした。ただ、そんなことはたいしたことではないと思えるほどの成果はあった。岩崎さんはサイズやシルエット、素材など、細かく見てくれた。似合う服を選ぶのが目的であるところからして、似合うのであれば、無理にカラフルにしなくてもいいのだ。

翌日、僕は書店でパーソナルカラー診断の本を買っていた。自分でも意外なほどに、興味をひかれている。それはおそらく、自分のデビュー小説からよく扱ってきた、主観と客観というテーマと深く繋がっているからだ。自分が思っている自分と、他人から見た自分にはズレがある。経験を通し、服選びに関し六五％くらいは正しい選択をしていても、三五％くらいは間違っていた。客観的意見により露わとなった己の間違いを認めて従うか、認めないか、間違いを認めつつもそれまでと同じように我を通すか。

服に興味のない人ほど、パーソナルカラー診断を受けてみたほうが良い。服に興味があったという意外な事実に気づくかもしれないし、歳を重ね視野が狭く偏屈な頑固者になってしまっているかどうかのバロメーターにもなる。岩崎さんは帰りの車中で言っていた。他のコーディネーターに診断してもらったら、少し違った診断を下されるかもしれません。つまり絶対的に正しいコーディネーターがいるというわけではないし、身近な家族や恋人、友人や、自分が正しいわけでもない。正しさ、客観性について疑うという姿勢は、常に持ち続けるべきだ。

クリスマスケーキ作り

料理専門の家事代行

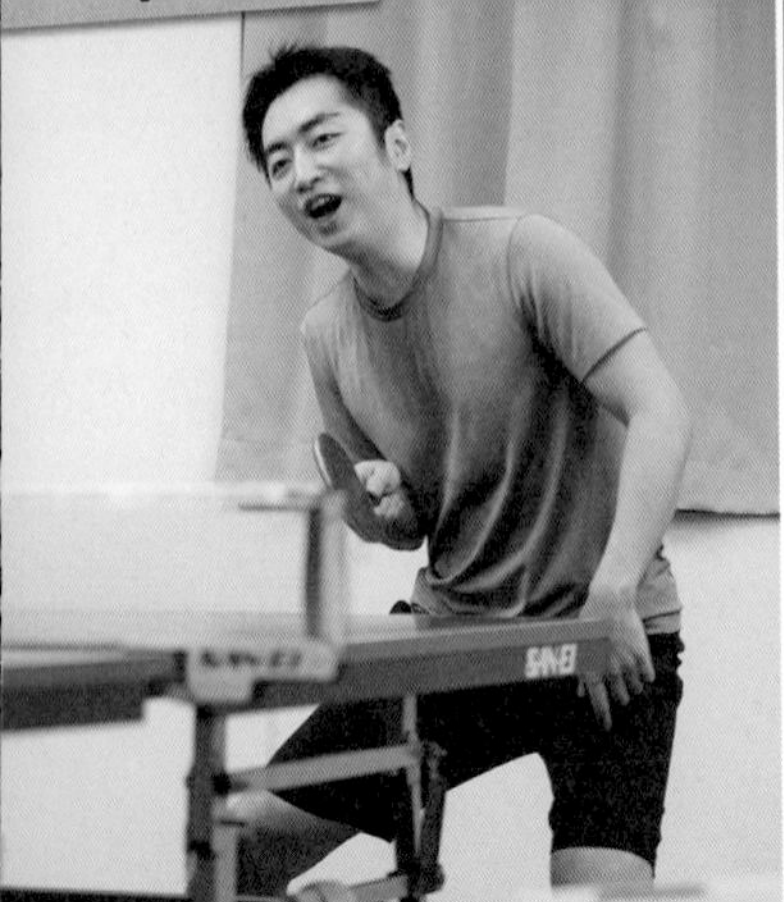

卓球教室

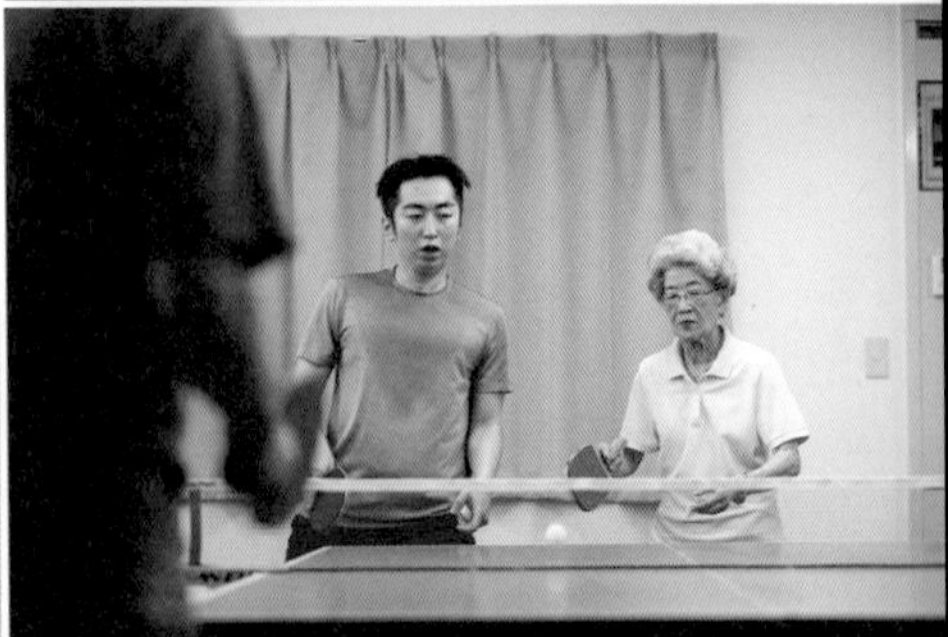

猫レンタル

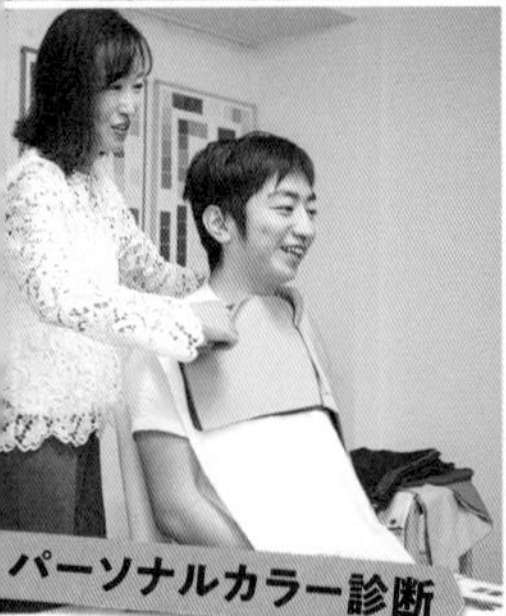

パーソナルカラー診断

四時間かけた女装

ラップ教室

ダンス教室

三十三歳の初体験

三十三歳の初体験 31

ユーチューバー

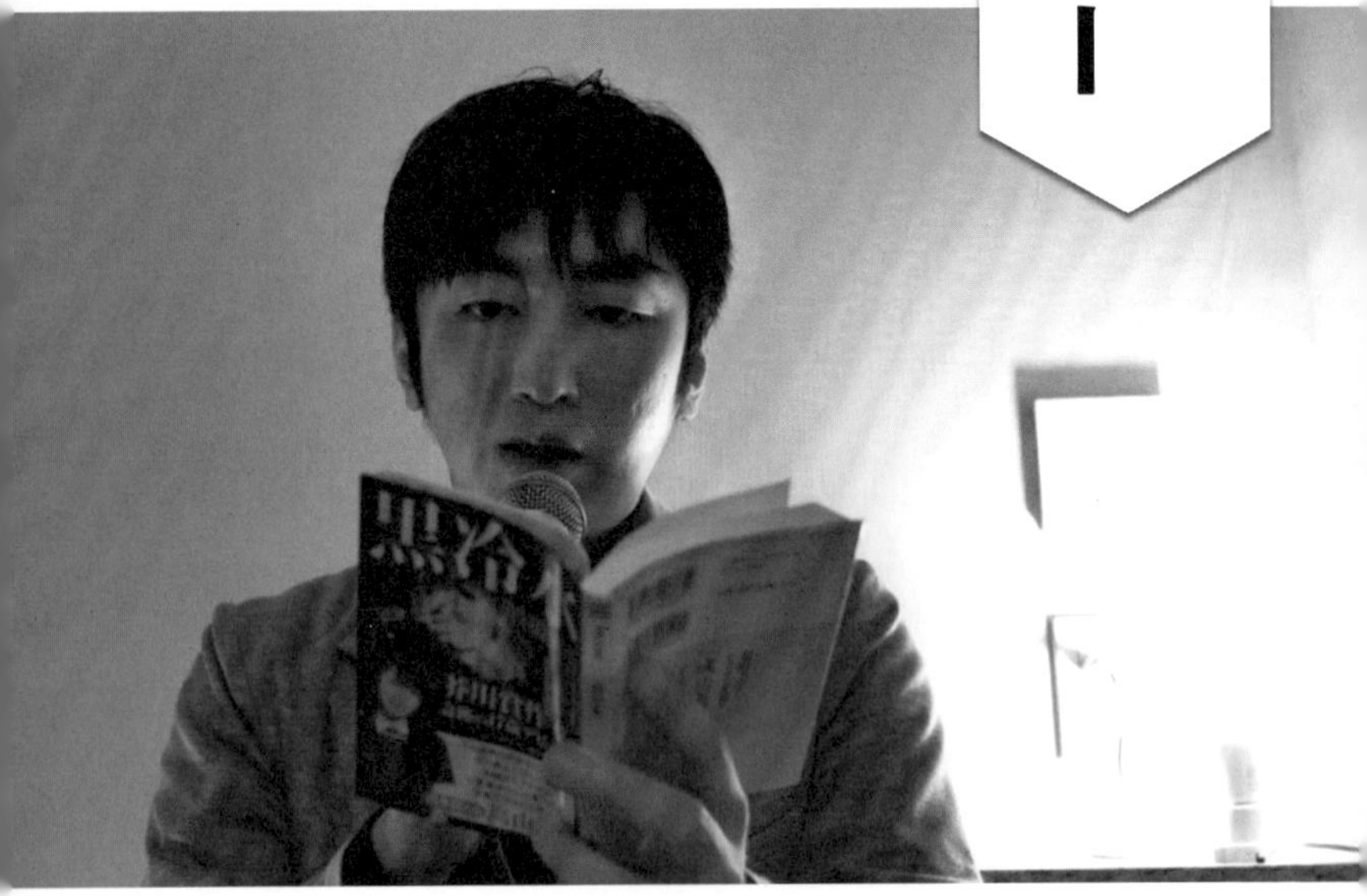

面倒くさい手続きを経ている人たちだ

ホームシアター環境を整え直す際、色々と迷った。自宅にテレビを持っていない僕も、映画を観るため、プロジェクターやスピーカー等は色々と買い換えてきている。合計一〇〇万円近くしたスピーカーやAVアンプは手放し、十数万円のサウンドバーに二十数万円の超短焦点型プロジェクターでリビングの白壁に投影し、一〇〇インチの映像を楽しんでいた。

二十代前半から大画面・高音質主義で一〇年近くやってきたが、それらが最近はどうでもよくなってきた。プレイヤーとプロジェクター、サウンドバーのスイッチを入れて、ソファーや寝椅子に座る、という一連の行為が面倒臭く思えてきたのだ。書斎のOAチェアに座りながら、iPadでインターネット配信の映画を見る方が手軽だ。一々色々なスイッチを起ちあげる必用がないし、iPadはどこにでも置ける。新幹線や飛行機でも見られる。しかしたまにプロジェクターで見ると、やはり大画面と音質の良さには感動する。

ただ、視聴場所が限定されることのストレスの大きさは無視できない。面積の広い投影場所を確保しようとすると、ソファーやその他家具の配置もかなり限定されてしまう。映画を見る時間よりも見ていない時間のほうが長いのだから、視聴環境よりもインテリア性を重視した家具配置にしたい。

というわけで、画質はかなり落ちてもいいから、持ち運びできて書斎の空いた白壁スペースにも投影できるプロジェクターに買い換えることにした。近くの家電量販店に行ったところ、小型プロジェクターの需要は少ないのか、映り具合をチェックできない。インターネットで検索しても、記事はあまり出てこない。たまに詳しく書いている人もいたが、映像作品を見ている様子を写真に撮ったものをアップされても、よくわからなかった。記事を書いている人も、どの立場から書いているのか不明な人たちが多い。自腹で買い数週間以上使用している人の記事ならともかく、企業から借りて数時間だけ使用した程度のほとんど宣伝記事に近いものであったりと、手がかりにするには微妙なものが多々あった。

そんな中、ＹｏｕＴｕｂｅでの検索結果に行き着くと、参考になる動画がいくつか見つけられた。顔をさらした男性が、一軒家っぽい生々しい生活感のある部屋の中で、僕が気になっていた超短焦点プロジェクターの紹介をしている。同様の投稿動画がいくつかあり、良い点だけでなく悪い点も正直に述べられていて、文章の記事より信頼できた。

もちろん、文章の記事でも、悪い点をちゃんと書き、情報量の多いレビューはたくさんある。文章を商売にしている自分が、それでもなぜ、投稿動画のほうを信頼できると思ったのか。それは、投稿者たちが顔をさらして、なおかつ、動画撮影をしたうえで編集するという、面倒くさい行為を経ているからだ。

僕は昔から、精査されていない垂れ流しが嫌いだった。だからこそ、小説家になりたいと思った高校時代も、自分で書いた小説をケータイ小説サイトに掲載などせず、ちゃんと文学新人賞に応募した。編集者や選考委員たちによる精査の目を経て、世間に出す価値ありと判断されてから、初めて小説を世に出すべきだと考えていた。

約三年前から続いているテレビ出演等も同じで、テレビ局や製作会社の人たちによる会議というう精査を経て、出演オファーを受け、テレビに出た。依頼があるから出る、というプロセスを踏みたがるのは、小説家デビュー時と変わらない。その頃に『ダウンタウンのガキの使いやあらへんで！』に出演し、なんと僕に関するカルタだけで三〇分枠を使わせてもらったことがあった。僕があいうえおカルタの文言を全部考えて、出演者の方々がそれを早取りしては、読まれた札に関するトークをするというものだった。「こ」の札で、僕は〈心から嫌い出たがり素人〉という文章に、ＹｏｕＴｕｂｅのＴシャツを着た男の絵を添えていた。もちろん、「羽田さんは出たがりかと思っていました」というような話の展開を考慮してのものではあり、そこでも僕は、誰からも求められていないのに世に出たがるＹｏｕＴｕｂｅｒは出たがり素人の権化だから好きじゃない、というようなことを話した。大袈裟ではあったが、本心でもあった。

だが、家電レビュー系ＹｏｕＴｕｂｅｒたちの投稿動画を初めてちゃんと見て、この人たちは今時珍しいくらい、面倒くさい手続きを経ている人たちだと思った。日本においては匿名で顔も出さず、安全圏から高みの見物をきめたがる人たちが多い。いっぽうＹｏｕＴｕｂｅｒたちは、匿名の人たちこそ多いが、人気がある人たちは顔をさらしている。本名でデビューし顔もさらしている僕にとっては、安全圏から匿名で発信する人たちより、色々とさらしているYouTuberたちのほうが、共感できるのだった。

YouTubeの映像を参考にプロジェクターを買った僕は、その後も色々なYouTube映像にいきなりハマりだした。自腹を切って商品を買い、顔を晒し正直に色々話している人たちの動画には、共感できる。いつしか、自分には興味のない商品のレビュー動画も見ていた。商品レビューではなく、投稿者その人のキャラクターに、親近感を覚えていたのだ。

ここで、一つの考えが思い浮かぶ。テレビに出たからといって、本が売れるわけではない。作品について真面目に話す機会があると、その翌日に本は売れたりもするが、芥川賞を受賞し三年も経ってしまった僕に、自作について語らせてもらえる機会などほとんど訪れない。ただ、テレビに出ると、投げ銭代わりに本を買ってくれる人たちが一定数いるということは体感できた。作品に興味はないけど、あの番組での出演が面白かったから買ってあげる、というふうに。

本について真面目に語り、なおかつ、投げ銭代わりに買ってもらえるような出演の仕方が、ひょっとしてYouTube上でならできるのではないか？

三十三歳の初体験 32

ユーチューバーになる

二三万円の新カメラ代の元をとるには
四六〇〇冊売らなければ

ＹｏｕＴｕｂｅに動画投稿すれば、新たな読者を獲得できるのではないか。その考えは、どんどん強くなる。というのも、たとえば子供のいない大人たちはほとんど誰も知らないのに、子供たちには大人気のＹｏｕＴｕｂｅｒたちがいるという。それほど、子供や若い人たちは、ネットの動画を見ているということだ。子供の頃からＹｏｕＴｕｂｅ等のネット配信動画を見慣れている人たちへの訴求を狙うには、そこへくいこむしかない。

とはいえ、ＹｏｕＴｕｂｅでなにをすればいいのか。自分の書いた作品について語ったとしても、それは、すでに読者でいてくれている人にしか届かないだろう。なにか無茶な実験をしてみても、小説家である自分が中途半端にやるのも痛々しい。自分にしかできないことはなにかと考えると、自著の朗読ということになった。

ＹｏｕＴｕｂｅでは段々と著作権の管理が厳しくなってきているが、自分が書いた小説であれば、朗読しても著作権法違反にならない。それに、動画ばかり見ている人たちに、読書の楽しさを知ってもらえるかもしれない。若ければ若いほど、その可能性は期待できる。ちなみに地方のロケ先で「いつも応援してます！」とサインや写真撮影を求めてくるおばさんたちに、「本も買ってくださいよ。写真撮ったそのスマートフォンに、ネット通販のアプリ入ってますよね。今すぐ買えますよ」と頼んだ途端、「目が疲れるから」という言い訳とともに蜘蛛の子を散らしたように逃げられてしまう場合がほとんどだ。

朗読の動画を撮るとして、iPhone7Plusの画質で済ませるのもどうかと思い、二〇一二年からもう六年使っている一眼レフカメラ、Canon EOS Kiss X5の動画撮影機能を試してみる。動画撮影時のオートフォーカスのスピードが遅すぎるし、機械音が録音されてしまう。手ぶれもけっこうある。さすがに古すぎるかもしれない。

しかし自分にどの道具が必用かを知るためには、今持っている道具で試すべきだろう。大学時代に買ったダイナミックマイクとケーブルを用意し、カメラのマイク入力端子にXLR端子を接続させるためのアダプターをまず買ってみた。三脚にセットしたカメラの動画撮影ボタンをオンにし、デビュー作『黒冷水』の文庫を読んでみる。数分経ってからチェックすると、ピントがあっておらず、僕の顔がずっとボケていた。

事前にピントを固定させれば済む話ではあるが、これから何回も自分の朗読動画を投稿するに際し、せっかく朗読した後で撮影に不備があったと発覚しまた撮影し直すのは、時間が勿体ない。時間を無駄にするくらいならと、新しい動画撮影用のカメラを探した。

まず、SONYのα7ⅢとパナソニックのGH5というミラーレス一眼カメラがいいと見当づけた。そして、GH5より手ぶれ補正は劣るがオートフォーカスが高性能のGH5Sと、写真撮影寄りの性能だがGH5と同じ手ぶれ補正とGH5Sと同じオートフォーカスを搭載したG9 PROも加え、パナソニックのカメラ三台で迷った。将来的に映画っぽい映像を撮りたいのであれば、logというファイル形式で撮影できるＧＨ５とＧＨ５Ｓのどちらかを選ぶべきなのだが、現時点での自分の用途にあったカメラとしては、自撮りのため手ぶれ補正が利きオートフォーカスも素早く合うG9 PROがベストだろうと、家電量販店にて約二三万円で買った。

仕事が忙しく、買って二日間は開封しなかったが、ようやく一段落した日の深夜零時近くにカメラの箱を開封した。そのまま勢いで朗読を撮影することにし、G9 PRO、EOS Kiss X5、iPhone7Plusの三台をセットし、朗読した。

ブックバー等で著者本人による朗読会を開いているようなイメージを心がけた。少し噛むくらいは、生でやっているリアルさがあるから許容範囲内だろう。しかし初出の『文藝』に掲載されて以降恥ずかしくて一度も読めていなかった『黒冷水』を一五年ぶりに読んでみると、思いもよらぬ単語選びに当惑したりして、噛みまくった。やがて、こりゃあとで編集しなきゃ駄目だなと感じた。

撮影を終えると、ライティングやカメラアングルには試行錯誤が必用だが、概ねよく撮れていた。カメラの性能が良いからだ。そして、EOS Kiss X5の画もかなり綺麗だった。なんなら、G9 PROは要らなかったんじゃないかと思えるくらいに。朗読を撮《うつ》すだけだったら被写体である僕はたいして動かないから、オートフォーカスの性能にこだわる必用はなかったのかもしれない。

素材を撮ったはいいが、動画編集についてはなにもわからない。先にＹｏｕＴｕｂｅのチャンネルを作成し、動画編集ソフトPremiere Proの体験版をダウンロードする。後日、書店で解説本を買ってきた。それを読みながら二日間ほどかけ、編集作業を行った。ネット上に投稿してしまった動画は二度と元に戻すことはできないという怖さがあるから、ＹｏｕＴｕｂｅにまずは非公開設定でアップし、iPadで最初から最後まで閲覧して確認する。問題ないとわかってからようやく、「公開」ボタンをクリックした。

動画の初投稿から三日経っている時点でこの原稿を書いているが、再生数は、微々たるものだ。一回目の投稿は六〇〇回、二回目は一一六回、三回目は二七回。チャンネル登録者数は四四人だ。始めたばかりとはいえ、小説を朗読する動画は、ＹｏｕＴｕｂｅと親和性が低いのかもしれない。

それでも、ＳＮＳを通じ、大学時代の女友達からメッセージがきた。大学一年の春に知り合い、その後も皆と一緒に遊んだりしてきた間柄だったが、僕の『黒冷水』は読んだことがなかったという。ただ、朗読の動画を見て続きが気になったから、電子書籍版を購入してくれたというのだ。

小説というのはだいたい、刊行直後か、なにかの賞を受賞したり映像化されたりしない限りは、人から再注目される機会はない。僕の知る限り、身近なところで、たった一人だけではあるが、大昔に出した『黒冷水』を読んでもらえる良い機会となった。『黒冷水』の文庫一冊が売れると約五〇円の印税になるから、二三万円の新カメラ代の元をとるには四六〇〇冊売らなければならないし、撮影と編集にかかる時間を考えると損失は大きい。しかしお金には換算できない遣り甲斐が、そこにはあると思った。もう少し、続けてみようと思う。

三十三歳の初体験 33

子供向けユーチューブ教室

老人たちが大勢いる空間に似ていた

子供を対象にしたYouTuberスクールがあると聞き、どんな英才教育が行われているのかと気になった。今日では子供のなりたい職業一位がYouTuberであるともいわれている。現在のYouTuberのスターたちはものすごく暇で時間があり動画投稿だけは続けられた孤高で我慢強い人たちが大半という印象だから、スクールで仲間たちとカリキュラムに沿い学ぶということが、YouTuberとしての大成につながるのかという興味もある。

西武池袋本店ビル内のカルチャーカレッジの一室に足を運び、『YouTuber Academy』の先生二人と挨拶をし待っていると、子供たちがやって来た。今日は小学三年生から中学一年生まで、九人の子たちが集まった。開設して三年目に入ったスクールは、関東と大阪に合計12校舎を運営し、全校で生徒数が六〇人とのこと。

僕は子供たち数人くらいから、放送メディアでたまに見かける顔の人間として絡まれたりするかと思ったが、全然そんなことはなかった。そもそもテレビなど見ないのかもしれないし、たとえ顔に見覚えがあったとしても、生物としての勘で、こいつには近づきづらいと感じているのかもしれない。若い男の先生二人に対しては皆、タメ口で馴れ馴れしく喋りまくっていた。

定刻になるとまず全員iPadを渡され、有名YouTuberのおもちゃ紹介動画を見ての研究を課せられた。

「姿勢と目線、声はどうですか?」

研究シートに、各々が鉛筆で記入してゆく。その間も九人中六人くらいは、ずっとしゃべったり動き回ったりしている。

「はい、では三分経ったので、いったん動画再生は終了して」

「三分じゃなくて三〇分がいい」

先生が言うとそう返す子がいた。

「おいじじい！　三分なんてカップラーメンと同じだふざけんな」

と口汚い、低学年と見受けられる男児もいる。

「あいつはうるせぇなぁ」

高学年らしき太めの子が、うんざりした口調で口汚い子に対しぼやいたりする。子供の数歳差は、生物として別物という感じがした。

突然奇声が発せられたり、興奮気味の話し声等すべてが甲高く、こういった周波数の空間にずっといるのが本当に久々だった。耳が慣れていないから、少し疲れる。

しかし周波数は独特であるものの、場の空気感にはかなり既視感がある。なにを言っても怒りはしない先生たちに甘えまくって羽をのばしている感じは、祖母が入居している老人ホーム等の、老人たちが大勢いる空間に似ていた。老人ホームは病院と違うから厳しい食事制限もなく、脱走すること以外はわりとなんでも許される。

つまりは子供から老人まで、人は誰しも生活のどこかでは自分を甘えさせてくれる時間や空間を求めているのだろう。先生たちが二十代前半で威圧感がないから、それも可能なのだ。

肝心のおもちゃ紹介動画研究の気づきに関しては、

「悲しいときに背が曲がる」となかなか観察眼のある子もいたし、「見るのに集中しすぎてなにも書けなかった」という子もいた。

自分たちでもおもちゃの紹介動画を撮影するために、好きなおもちゃを全員に配るだけでも一〇分くらいかかった。配りきったと思ったら「やっぱ卵スライムにしようかな」という子が現れ交換し終わるのにまた五分かかったり。その傍らでは、赤いTシャツを着た二人の男児同士が「え、おまえも九歳？」なんていう会話をしていたり。スクールの生徒同士、全員が互いのことをちゃんと知っているわけでもないようだ。

個人情報をさらすことの恐怖を教える映像をプロジェクターで流し、その後クイズ形式での学習も行う。

「本当の名前や電話番号、住所は教えないようにしましょう」

先生に言われ、本当の名前で小説を出し、YouTubeチャンネルも開設してしまった自分はマズいのかなと思いもした。

ストーリーボードに画コンテのようなものを書いたあとで、撮影に移る。三脚や照明、マイ

ク等の機材セッティングで手際の良さをみせつける子が出てきたり、

「今回はこのスライムを使って遊んでみたいと思います！」

とカメラの前でハイテンションかつハキハキとした喋り声でおもちゃ紹介をする子も現れた。キュー出しやカメラのRECボタンを押すタイミングが堂に入ったベテランの裏方みたいな子もいる。座学と違いここへきて、甘えまくっていた子供たちもかなり自主的になり、同時にそれぞれの個性をみせつけてきた。


撮影をしている途中で二時間の終了時刻が訪れ、来週は撮影の続きと編集をやるという。授業が始まる前にも来ていた保護者たちが教室の外に来ており、

「○○くん、もう帰るの？　今日は食べていかないの？」

と誰かの保護者が別の子に対し訊いたりしていた。どうやら今日は保護者と子供たちあわせて回転寿司屋に行くグループがあるらしい。子供たちが去った教室には、『未確認生物UMA』なる子供向けムック本が忘れ置かれていた。


その後、別室で僕はiPadを用いた動画編集を先生に教わりながら、教室のことを聞いた。意外なことに、自分のYouTubeチャンネルをもっている生徒は全校で数人しかいないという。スクール自体、映像制作系の会社ではなく、まず子供を対象にした事業をやりたいという動機があり、当初は自然体験等をやっていた。やってゆく中で、子供の欲と現実とのズレが最も大

きいものはなんだろうと考えたときに、YouTubeが思いついたのだという。YouTubeは子供がなりたい職業であると同時に、親が子供にさせたくない職業でもある。その中で、親を安心させつつ子供のやりたいことに寄り添う場にしようとしたわけだ。

YouTuberスクールに子供を通わせている親たちも、子供にYouTuberの英才教育を受けさせたいわけではなく、あくまでも習い事の一つとして、通わせているらしかった。中には、YouTuberスクールに通わせてくれるならという条件つきで義務教育の学校に通っている子もいるらしい。

興味深かったのは、同じ時期に通いだした子たちでも、徐々に方向性に違いが出てくるということだった。人気YouTuberのそっくりそのままをカメラの前でやる子もいれば、顔は映さず手元だけ映したがる子、そして撮影より編集のほうが好きな子も出てきたり。

精神的に羽を伸ばせる居場所としてだけではなく、自分がなにをやりたいかや自分の個性の洗い出しをしてくれる場所は、自分の内面を掘ってゆくために良い作用をもたらすだろうなと思った。

三十三歳の初体験 34

応援上映

カラオケ行きませんか?

イギリスのロックバンド「クイーン」の伝記的映画『ボヘミアン・ラプソディ』が公開されしばらくして、観客たちも映画館で応援したり歌ったりする〝応援上映〟なるものが大盛況だということを知った。

高校一年の終わり頃からクイーンのＣＤを聴くようになり、二〇〇五年に公演されたミュージカル『We Will Rock You』にも足を運んでいた僕は、一九八五年生まれの人間にしては、かなりクイーンにハマってきた人間であると自負している。しかし、映画に関してはあまり興味がわかず、それどころか、応援上映に対しては半笑いのような態度をとっていた。

日本で応援上映が広まったのは、『アナと雪の女王』からだろう。当時、男性編集者と飲んでいた際、劇中歌にあわせて客たちが歌うという応援上映について教えてもらい、「不気味ですね」と感想をもらした。劇場側から、歌っていいですよと言われて、皆で一緒に歌う。恥ずかしがる日本人も集団だとなんでもできてしまうという側面を具現化されているようで、以来、応援上映にはダサさとか負のイメージを抱いていた。

クイーンの伝記的映画というのにも、しっくりこなかった。日本でクイーンのブームは過去二度あったようで、一九七五年にクイーンが初来日した頃にファンだった人たちによる第一次ブーム。それと、二〇〇三年にドラマ『プライド』で劇中歌としてクイーンの曲が多用されたあたりの第二次ブーム。

僕がクイーンの曲にハマりだした二〇〇一年末頃はなんのブームでもない時期だった。楽器の演奏に興味を抱き、巧《うま》い音楽を沢山聴いてゆこうと意識していたところで、彼らの音楽に出会った。フレディ・マーキュリーの抜けの良い声による圧倒的歌唱力に魅了され、ＭＤウォークマンで通学中とかに毎日聴いていた。

だから純粋に、クイーンの音楽に惹かれていたわけであって、そのバックボーンとかは、わりとどうでもいいことなんだよね。二時間半という映画の中で色々と彼らの半生、そしてフレディの一生が描かれているのかもしれないけどさ、アーティストの歩んできた軌跡ってそんなに簡単に矮小化できないでしょう？　クイーンについて何も知らなかった人たちでも二時間半見て感動できちゃうなんてそれはたぶん、物語性に頼りすぎてると思うんだよね。だからクイーンに対してリスペクトをはらうなら、彼らの音楽をひたすら聴くっていうのが正しい態度なんじゃないのかな？　アーティストは、自分のことを自分の言葉であるかのように他者から勝手に語られるのを、最も嫌うわけだし。

いくら『ボヘミアン・ラプソディ』が話題になっても心中でそう思っていた僕は、第一次ブーム世代の人間でもないくせに、三三歳にして厄介な古参ファンのような態度をとっていた。

あるとき、電車に乗り窓の外を眺めながら立っていたら、近くにいた人から怪訝そうな視線を向けられた。小さめの声ではあるが、歌っていた。クイーンの「The Show Must Go On」を。

家でも「Who Wants to Live Forever」や「Princes of The Universe」「Bohemian Rhapsody」等、歌いまくっている。今さらになって僕の中にも、クイーン熱が復活してきているらしい。見ていない伝記映画に起因していることを、否定できなかった。

映画関係の人間が大勢集まるパーティーがあり、そこへ呼ばれていくと、僕がかつて受賞した新人文学賞の二年先輩である綿矢りささんと、デビュー時よりお世話になっている編集者二人もいた。そこで綿矢さんから聞いたところによると、大勢でクイーンのメンバーのコスプレをし『ボヘミアン・ラプソディ』の通常上映を見に行って、面白かったという。綿矢さんがフレディに扮した写真を見せてもらったが、サングラスをしたくらいの軽めの変装だったので、自身が「みうらじゅん」とおっしゃるとおり、そんな感じだった。一緒に行ったという村田沙耶香さんの変装写真が強烈で、ちょび髭に黄色いマント、王冠をつけた格好は、クイーンについてなにも知らない人が「クイーン」という語だけを頼りにど派手に着飾った姿であり、おそれいった。漫画の『パタリロ』みたいだ。

「応援上映もすごいらしいので、今度皆で行きませんか？」

「あ、いいですね！　行きましょう」

「じゃあ、私がスケジュール調整します」

綿矢姉さんに提案され、僕たちは快諾した。

それから日が近づくにつれ、クイーンの歌の練習をし、変装についてもどうしようか考える。イエロージャケットに白のパンツ姿が自分としては理想だが、その衣装を発注しても届くまでに二週間以上かかるため、応援上映に間に合わない。ライダースジャケットは持っているから、顔だけ作ることにしよう。僕は芥川賞の選考結果を待つ際にメタル限定カラオケでデーモン閣下の変装をしており、その際撮っていた映像が地上波のテレビで使われることで名が知れた。顔料等、新宿の舞台メイク専門店で買っていたのだが、約三年半ぶりに同店を訪れ、髭を試着する。濃くて大きめの鼻下髭が良いかと思っていたが、濃いとコントっぽくなってしまう。それよりいくらか薄く短めの髭のほうが、肌にフィットしちゃんと〝生えている〟感がたちあがった。三三〇〇円でそれを買った後ドラッグストアで、オールバックにするためのジェルを買った。

平日の昼、髭をつけオールバックに革ジャンという格好で、TOHOシネマズ日本橋に向かった。到着していた編集者二人の前で、これみよがしに帽子とマスクを外しフレディ顔を披露するも、あまり反応がない。言い出しっぺの綿矢さんが来ていないからだ。上映直前になり編集者の携帯電話に綿矢さんから着信があり、携帯電話が壊れたのでショップで修理中らしく、あとで合流するとのことだった。劇場へと入ると、客席全体の六分の一くらいしか埋まっていなかった。平日の昼間だからであろう。パッと見た感じ、中年女性が多い。

クイーンの曲が流れる度、彩られた英字の歌詞がカラオケのように下端に表示された。なるほど、初めての人でも歌えるようにだろう。一応バンドスコアも持ってきていた僕だったが、全曲の歌詞を知っているわけではないので、それはありがたい。しかし、観客は思っていたより静かで、たまに拍手が聞こえるくらいだ。

劇中でクイーンが演奏するシーンにおいて、有名な曲がかかるタイミングで、視界の端でカラフルな光がいくつもおどった。見ると、おばさんたちが、各々で用意したサイリウムを振っているのだ。それも、控えめに歌いながら。

そう、控えめなのだ。元来恥ずかしがりの性格ではあるのだろうが、クイーンを応援したい気持ちが沸いてくるから、控えめな歌声とサイリウムの振りで、応援してはいる。

いっぽうの僕は、おばさんたちの姿をよそに、変に抑圧されていた。歌いたい気持ちもあるが、本気で歌っていい雰囲気でもなさそうだから、それなら歌っても仕方ないと思ってしまう。

それにしてもフレディ役のラミ・マレックは歌が上手だなと思いながら、それなりに満足しエンドロールを迎えると、本物のクイーンの曲が、フレディ・マーキュリー本人の歌声が流れだした。最も好きな曲である「The Show Must Go On」が流れたこともあり、僕はこの日一番興奮した。

つまりは、本家クイーンの曲がかかったエンディングが自分にとっての最高潮であったということである。ラミ・マレックたち役者陣の作り込み方も尊敬するし楽しませてもらったが、やっぱりオリジナルが良いよね、というふうにもってゆくための壮大なる布石となっていた。映画に関わった人たちは全員、クイーンの良さを広めるという役割を果たしており、尊敬する。

ストーリーだけでいうと、同じような映画を何作も見てきており、様式美を感じたくらいだ。たまたま才能のあったミュージシャンが若いうちから快進撃を続けるが、地位と名声を高めるにつれおごり高ぶり、性的にも乱れるが、因果応報で辛い目にあった末に改心し、再び本来の自分を取り戻す。レイ・チャールズの人生を描いた二〇〇五年公開の『Ray』のほうがわざとらしい湿っぽさが少なく上質であったと思うが、約二時間の枠でミュージシャン映画を作ろうとしたら、九〇%同じともいえる伝統的なストーリー手法に頼らざるをえないのだろう。

「カラオケ行きませんか?」

途中から合流していた綿矢さんによる提案で、四人でカラオケ店へ入る。応援上映でそれほど燃焼できなかった代わりのクイーンカラオケ会ということで、最初に「Bohemian Rhapsody」を僕がメインで歌う。次に綿矢さんがフレディのソロ曲「Born To Love You」を歌った。しかし、僕以外の皆はクイーンの曲にそれほど詳しいわけではないし、皆がなんとなく知っている曲も、歌うには難しかったりして、選曲に難儀する。

すると突然、X JAPANの「Rusty Nail」のイントロが流れだした。綿矢さんが、TOSHIのように歌いだす！　これまた小学生の頃から聴いていて、大学時代なんかにカラオケで歌いまくっていた曲を、二番あたりから僕も一緒になって歌う。続いて「紅」も。

「じゃあ、聖飢魔Ⅱも歌っちゃいますね」

そう言って僕は、「地獄の皇太子」を歌いだした。〈ヘドロの胎液に体を浮かべ～〉等、いかにも悪魔的な歌詞で歌い方も激しいため、聖飢魔Ⅱを知らない人でも楽しめる曲としてカラオケでよく歌う。歌詞のおどろおどろしさと激しさに驚いてもらうつもりでいたのだが、皆の反応は違った。

「メロディーがすごくいい」

「歌詞の世界観とか、素敵。いい曲」

創作に関わる人たちであるからか、「地獄の皇太子」を作品として評価している。クイーンカラオケ会において、期せずして、聖飢魔Ⅱの布教活動に成功したのであった。

その後、綿矢さんがロックもなにも関係ない中国語の曲を歌いだしたが、リラックスしてしっとりと歌い上げるその様がとても良かった。時計を見ると、退出時刻が近づいていた。クイーンを歌わないで久しかったが、本来の目的に戻ろうと、僕は「Who Wants to Live Forever」を最後の曲として選んだ。劇中でもさらっとかかった曲で、時の経過と死について色濃く表現している曲である。「The Show Must Go On」もそうだが、僕はわりと、クイーンの中では暗めのメロディーの曲が好きだ。それがどうしてなのか、映画の中で描かれたフレディを見て、整理されたような気もする。

ストーリーは凡庸でも、人生に時間は流れる、という当たり前のことを、名曲の力とともに感じさせてくれたからだろう。終演後、明るくなった劇場内から外に出ていったおばさんたちの頭髪が、かなり白かったりやせ細っていたりしたのが印象的だ。七〇年代にリアルタイムでクイーンのファンだった、第一世代の人たちなのだろう。街で見かけても、自分の母親より何歳か年下世代のおばさんたちだというふうにしか認識しないだろうが。クイーン初来日から四十数年もの間、個々の人生にはそれぞれの時間が流れてきたわけだ。

応援上映に関していえることは、映画が公開されまだ皆が盛り上がっている期間中に、それなりに人気のある場所と時間帯の上映回に行ったほうが良いということだ。存分に盛り上がりたいのであれば、ある程度の混み具合は必要だ。

三十三歳の初体験 35

もの壊し放題の空間

壊せ、相手はただの廃品だ

物を壊しまくれる空間の存在を知った。廃品業者から仕入れた割れ物や家電等を、客がバットなどを使い、制限時間内で壊しまくれる。既にメディアで紹介されてもいて、ストレス発散、爽快、というニュアンスの感想に触れる。

物を丁寧に扱い、掃除好きでもある自分にとって、皿やグラスを好き勝手割りまくるなんて普段なら到底できっこないが、だからこそ、やったら爽快かもしれない。とある日の夜、『REEAST ROOM』へ訪れた。

暗めの地下空間の壁やパネルには極彩色、蛍光カラーのペイントが施され、激しめのEDMも流されている。

壊せる物の種類や量が多く、時間も二〇分と長めのスペシャルコースを選んだ。

「こちらのつなぎを着て、シューズカバーもつけてください」

割れ物の破片が飛ぶから、防護服としてそれらの着用が必須なのだ。何色かの中から、白のつなぎを選んだ。『時計じかけのオレンジ』っぽい狂気の雰囲気をまとえるかと思ったからだ。シューズカバーがスニーカーをなかなか覆えず、焦った。

「足、三〇センチなんですよ」

「大きいですね」

編集者もカメラマンも同じ格好に着替え、時計を外し、バイザー付きのヘルメットをかぶり準備完了。

台の上には割れ物類を中心として、大きなプリンターもある。その近くにはサンドバッグ代わりの樹脂製の大きな人型人形も。

制限時間二〇分間のカウントダウンが始まった。

いざ自由にやっていいと言われても、迷った。どの物体を、どの道具で、どのように壊すか。組み合わせは無数にある。スペシャルコースでも、壊せる物の数は思っていたよりは多くない。ただ、台の上にのっていない、そこらに転がっている既に破壊済みの品々の部品や破片を拾って壊すのも可で、そうなるとわりとずっと壊していられる。

とりあえず、陶器の破片を手にとり、ブロック塀の壁に向かって投げた。砕け散る音が心地良かった。

「どの道具を使ってやろうか」

声に出し自分の中で攻撃的な雰囲気を高めながら、プラスチックのバットを手にとる。それでとりあえずプリンターを叩いたが、ビクともしない。同じプラスチック同士、中が空っぽのバットのほうが負けるのは当然だ。それならと、グラスを床に置き、割ろうとする。

しかし、縁の部分を下にして置いたからか、プラスチックバットを振り下ろしただけでは割れなかった。同時に、バットを持つ手にもある程度の衝撃を感じる。物を壊すのは、そう簡単ではないのか。それと同時に、慎重さが求められると気づいた。割れ物なんかは特にそうだが、どの道具でどういうふうに壊すかによって、破片の飛び散り方が違ってくる。つなぎやヘルメットを身につけているからといって、細かすぎる破片が襟首やどこかの隙間から入り込めば、壊す側がダメージを受ける。

底を床につけるようにしてグラスを置き直し、声だけは勇ましくもおっかなびっくりバットを振り回すと、グラスは割れた。

それから木製バット、鉄パイプ、ゴルフクラブ、長めのバール、ハンマーなど、徐々に硬くて重い道具も試してみる。それらの道具は物を壊しやすいが、手に伝わってくる衝撃も大きく、振り回す僕も無傷ではいられなかった。特に、鉄のハンマーなんかはガツンと一発で色々なものに大ダメージを与えられるが、リーチが短いぶん、破片が飛んでくるリスクが高い。その点、ゴルフクラブは利点が多い。どの武器よりも持ち手からヘッドまでのリーチが長いため対象物とある程度の間合いを保てるし、軽い割には重いヘッドに遠心力がかかるから、破壊力も高い。ただいっぽうで、そんなに楽していいものかという疑念もあった。ゴルフクラブで物を壊すのは比較的安全かつ確実ではあるが、傍観者に近づく感じがする。

総合バランスの良さで、僕は木製バットが気に入った。ためらいを捨てきちんとしたフォームで扱えばどんな物にもある程度のダメージを与えられるし、金属より柔らかい木の特性上、こちらの身体に伝わってくる衝撃もいくらか抑えられ、リーチも長い。ゴルフクラブよりはリーチが短く衝撃も感じるというのがミソで、壊す痛みをある程度は感じることで、壊す対象物と対等になれるかのような気がするのだ。

プリンターは、なかなか手強かった。しかも小説家という職業柄、商売道具のプリンターにはいつもお世話になっている。廃品のプリンターだとわかっていても、気持ちの面で抵抗があった。それに、七福神のうちの一体の置物も、壊すのに抵抗を覚えた。プラスチックバットで数回叩いてみてから、これは罰当たりなんじゃないかと思った。素材がなんなのかわからないが、すぐに割れるような物でもなく、強度の高い樹脂類だろうか。バールの先で突き刺すようなやり方をすれば壊れるかもしれないが、ゴミとはいえ七福神のうちの誰かを突き刺すのは気がひける。

制限時間の表示を見ると、まだ数分も残っている。二〇分などあっという間かと思っていたが、意外と長い。それだけ物を壊すのに手間取り、気がひけてしまっているということだ。

ただ、ここに集められているのは、既に所有者たちから捨てられた廃品だ。廃品に意志はない。壊す者である僕の躊躇さえ取り払えばいいのだ。これまでに読んできた書物の中に書かれていた、兵士の訓練で重要なのは相手を攻撃することへの抵抗心を薄れさせることにあるという記述を思いだす。壊せ、相手はただの廃品だ――。

心理的ブレーキを外したつもりの僕は鉄のハンマーを握り、プリンターへの執拗な攻撃を開始した。しつこくやっていると、内側からも破損しているのか徐々に様々な破片や部品が飛び散った。大破したというほどでもなかったが、完全に戦意を喪失させているプリンターを見切った僕は道具を置き、素手で人型人形へ向き合った。

大学一年時に少しだけやっていたキックボクシングの要領で、殴る、蹴るの暴行をする。連続でパンチを繰り返していると時折拳にもダメージをくらった。そんなときはすかさずキック。空手と違い、骨盤から回すような蹴り方は、破壊力が大きいものの、蹴る側にとっての負担も大きい。やがて、制限時間終了となった。

汗だくだった。つなぎを脱ぎ、車で家まで送ってもらいながら、店を紹介していた記事の謳い文句である〝ストレス発散〟や〝爽快感〟について考えていた。いくら廃棄物とはいえ、普通は、物を壊すのにある程度抵抗感は覚える。それにプチプチの緩衝材を指で潰したりするのとは違い、破片の飛散や衝撃というこちら側が被るリスクもある。リスクを考えながらの破壊ではそれなりに神経を使うため、〝爽快〟から離れる。

だから、仲間数人で来てワイワイ騒ぎつつ壊すのならまだしも、一人で訪れてリピーターになってしまうほどに爽快感を覚え、ストレス発散できてしまう人は、そもそもそれだけストレスの多い日常を見直すか、心療内科に通ったほうがいいと思う。

少なくとも僕にとって、破壊行為にある程度の楽しさは見出せても、ストレス発散にはならなかった。むしろ、気を遣った。

今回、わかったこともある。ほとんど信仰心をもたない自分であっても、七福神の一体や、プリンターを壊すことには抵抗があった。物を擬人化させるようなメンタルが、リアリストの僕の中にも少しはあるのかもしれない。

じゃあ自分にとってのストレス発散はなんだろう、と考えたとき、睡眠と、おいしいケーキを食べまくることが頭を過ぎった。

三十三歳の初体験 36

フラワーアレンジメント

選択肢が多すぎて
身動きがとれない

家の中にいる時間が長い職業柄、二十代後半から観葉植物にハマりだした。就職活動で訪れた数々の企業のオフィスに置かれていた、ストレリチアやサンセベリアの爽やかな印象があった。ストレリチアにユッカ、ドラセナ、ビカクシダ等、百貨店の観葉植物コーナーを目指しているかの如く、家に集めまくった。腰の高さに鉢を並べるため、木でプランターを自作したりもした。

色のある花にはあまり興味をひかれなかった。ドイツで目にした、家々の軒先に置かれた赤いポインセチアを綺麗だなと思ったくらいだ。

芥川賞を受賞してしばらく、花をもらう機会が沢山あった。彩りのある花々が目を楽しませ、空間の雰囲気を変えるのを、素敵だと感じた。

胡蝶蘭等鉢植えの花をもらうこともあったが、ほとんどの場合、切り花だった。土に根をはっていない花なんて、勿体ないと思った。鉢植えなら長持ちするのに。ただ鉢植えだと、家のスペースがすぐに埋まってしまう。それに形が乱れると、見た目の心地よさを求めたのにもかかわらず、ある程度の我慢を強いられることも経験済みだ。だから、せいぜい一週間くらいしか楽しめない切り花の、終わりが見えているからこそ、その美しさを享受しようとこちらを能動的にさせる良さもわかってきた。

もらった花束をバラし、水を張ったバケツに入れるくらいしかやってこなかった僕も、やがてガラスの重厚な花瓶を買った。ある時それを足の甲に落とし、骨折したかと思うほどの激痛に苦しめられたこともあった。ともかく、花をもらった際の受け入れ態勢は整えた。ミュージカルに出た際にもらった花なんかも、状態が良い花を選んだり、地方のイベントでもらった花束も、ちゃんと持って帰り家で愛でた。

春頃、家の近所をぶらぶらしていて、小さな花屋があることを知った。売っている花々が安いこともあり、八百屋感覚で通い、花を買う習慣ができた。それとほとんど同じタイミングで、TBSラジオのレギュラー番組が始まり、毎週一輪の花を買っていっては花言葉を述べる「今日の花言葉」というコーナーを勝手にやりだした。

幾つかの種類の花を一つの瓶に入れる際、もっとセンス良く飾りたいなと思い、フラワーアレンジメントを体験することに。麻布十番にある花屋『migiwa flower』の出入口すぐのところには、ケーキやドリンクもあった。

フランスで修行されたという、秋貞美際さんが大きなバケツに入れて持ってきたのは、大量の、どれも数十センチの長さがある草花だった。

「これ、全部ハーブです」

ハーブだけを使ったブーケを作るのだそうだ。ポイントにハーブを入れるのは見たことがあるが、ハーブだけのブーケは、初めてだ。

「下処理が大事なので、上のほう一〇センチくらいを残して、そこから下の葉は手で削ぎ落としちゃいます」

先生はミントの茎をつまみ、指をすべらせるようにして、余計な葉を落とした。

「え、もったいないですね……」

「そうなんですけど、大事なんです。ハーブはこれをやらないと束ねたときに鬱蒼《うっそう》として、雑草みたいになってしまいます。それに、花瓶に入れる際に下の方は水に浸かっちゃいますし、通気性が悪くなるとカビが生えたりして良くないんです」

切った花を楽しむという行為は、生命体としての植物を尊重する行為ではなく、人間の楽しみのためにその植物の寿命を短くする行為でもあるのだ。だからそのことに自覚的になり、あとは最大限、視覚的、嗅覚的な楽しみを追求すべきだ。それこそが、植物に対する礼儀であろう。

ハーブは表面をなでたり、葉をちぎったりすると、香りがよく放出されるらしい。様々なハーブの葉を茎からこそげ落としているうち、僕の右手もいい香りになってきた。

下処理を終え、ブーケを作る段階に。

「最初が肝心です。おっかなびっくりやると、窮屈な雰囲気のブーケになってしまいます。大らかな気持ちでやると、この子たちも和らいだ雰囲気を出してくれるものなんですよ」

何もないところに、どのハーブをもってくるか。選択肢が多すぎて身動きがとれない感じが、小説の執筆や武道の類に近いのではないか。

「左手の人差し指と親指の間に、茎の上が左に、下が右になるようにして、重ねてゆきます」

人差し指も親指も内側へと丸め込み、簡易的なカラビナのような状態にし、右手でハーブの茎の下側を持ち、左手の閉じた輪っかの中に重ねてゆく。

「手を伸ばして、横、真上から見て、丸っぽいフォルムになるよう意識します」

内側から徐々に雪だるま式に足してゆく作り方だから、内側のバランスが崩れたらあとでリカバリーできなくなるのではと思ったが、そんなことはなかった。先生は高低差を活かしたバランスの取り方を教えてくれて、たとえば内側のボリュームが少ないと思ったときでも、わりとカーブした細長いハーブの穂先が内側に来るように、そしてまわりよりも高めにもってくることによって、あとで外側からでもリカバリーできるのだ。

初めて挑戦するから、慣れた人より長い時間がかかっているだろう。ふと、左手で数十分ほど、ブーケを持ち続けていることに気づいた。指の輪っかの大きさが限界くらいに達しているし、手や腕に疲れも感じている。

「僕、けっこう手が大きいほうなんですが……これ、力仕事ですね。手が小さい女性とかだと、しんどくないですか？」

疑問を口にすると先生から、たしかに男性のほうが有利だと教えられた。ただ、手が小さく非力でも、上手くなれば短時間でやれるから、あまり関係ないのだろうが。

全体のフォルムが丸くなってきた段階で、用意されていたほとんどのハーブを使ってしまっていた。まさかそれほど大量に使うとは思っていなかった。数十本の茎を切りそろえたあと、結ぶ作業は先生にやってもらう。テーブルの上に置いてみると、それだけで自立した。

「先生、毎週ラジオ番組で、『今日の花言葉』っていうコーナーをやっているんですが、この何種類もあるハーブのブーケの花言葉って、なんですかね？」

綺麗なラッピングを施してもらったあとに訊いてみると、花言葉をつけるのは難しいけど、見て楽しんだり、皆で葉をさわったりして香りを楽しんじゃえばいいのではないかと、笑顔で提案された。

その足で赤坂TBSのラジオブースへ入った僕は、番組終盤に突如として「今日の花言葉」コーナーの終了を告げた。毎週花言葉を述べていたが、調べてゆく中で、かなりこじつけのような感じでつけられたものが多いとは実感していた。人間がつけた言葉よりも、植物そのものを楽しめばいいんじゃないかと思い至り、終了させた。我ながら唐突だなとは感じたが、より自然な流れに身を任せてしまえよ、とハーブの香りで満たされたスタジオで思ってしまったのだ。

三十三歳の初体験 37

メダルゲーム

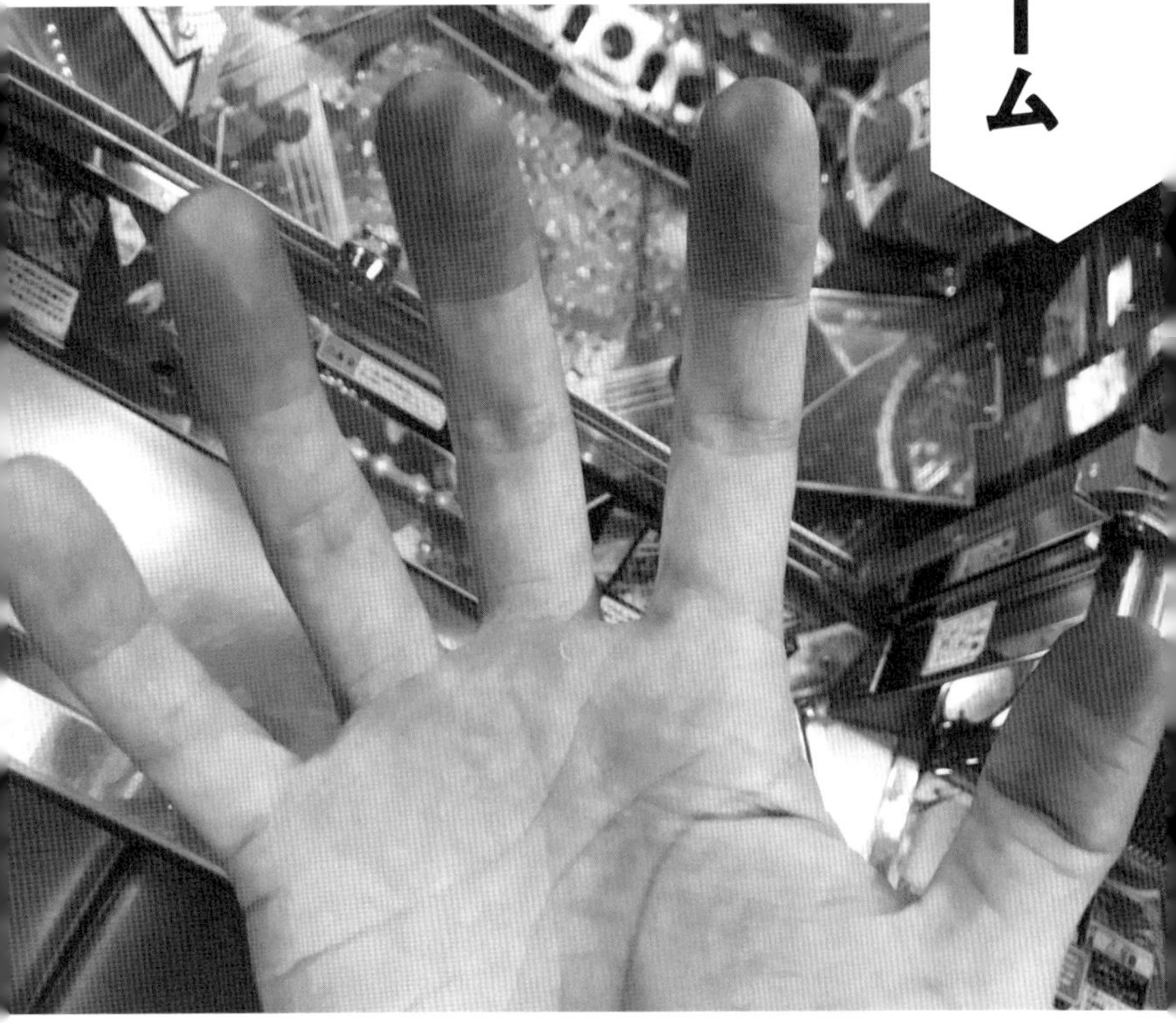

なぜパチンコでなくて
メダルゲームを選ぶのか?

東京都心から在来線で一時間の場所にある銀行へ、用事があった。友人が勤めていて、融資の話をしに行くのだ。午後一時過ぎで混んではいないが、一つの電車に一時間弱も乗るのだからと、普段はしないが在来線のグリーン車に乗った。グリーン車料金九七〇円を上乗せしたからといって、目的地へ早く着くわけでもない。座れないわけでもないのに、わざわざグリーン車に乗る必要があるのか。

結果は、乗って良かった。僕は大柄だから、在来線普通席のシートで、横の人に迷惑をかけないよう身を縮こませて座るのが疲れる。だったら手すりやバーにつかまり立っていたほうが楽だと思うくらいだ。だから、横に人がいない広めのシートにドカッと座ると、身体の筋肉が緊張しないで済んだ。それにグリーン車は進行方向を向いているから横揺れがなく、読書しやすい。

九七〇円もあれば本の一冊でも買えるのに……と思いはしたが、今の自分にとっては、本を買うための代金よりも、リラックスしながら本を読める一時間弱の時間のほうが貴重だ。これからもっとグリーン車を利用しようと思った。

銀行での用事を午後四時半に終え、支店をあとにしようとした際、

「今日は早く帰る日で、六時過ぎには終わるんだけど、待っててくれる？」

「飯でも行く感じ？　わかった」

まだ一時間半ほどある。昼食をとっていなかったので、ラーメン屋に入った。隣には中年男と若い女が座っていて、男のほうが女へずっと「おまえ」と呼んでいた。女性へ「おまえ」と呼び続けられる男はどういう神経をしているのかなと思ったが、僕がちらと視線を向けると、空き席に置いた鞄のことを咎《とが》められているとでも思ったのか、男は鞄を足もとに置き直した。替え玉を注文する際も店員に「忙しいのに悪いね」と言っていたから、女性に対する人称が「おまえ」であるだけで、常識人なのかもしれない。会話に含まれる「お客さん」「ヘルペス」「生理」といった会話から、風俗嬢とオーナーだろうと推察できた。

刹那的な雰囲気に惹かれたのだろうか。ラーメン屋を出ると、ゲームセンターへ入った。以前から、メダルゲームが気になっていた。

各所のゲームセンターの前を通る度に、平日休日、昼夜を問わず、自分の両親くらい、六〇代以上と見受けられる人たちがメダルゲームをしている姿を目にしてきた。僕が子供だった頃には皆無に等しかった光景で、暇でやることがないからだろうとはわかる。

パチンコと比べ費やす額は少額で済むとはいえ、パチンコであれば景品を実質的に換金できる。勝てる場合であればある意味、生産性を見出すこともできなくはない。いっぽうのメダルゲームは、景品等に換えられないから、勝ったところで生産性はない。

ではなぜパチンコでなくてメダルゲームを選ぶのか？　疑問を解決するためにも、メダル交換機へ一〇〇〇円札を投入し、メダル二〇〇枚を受け取った。

大別すると、スロットマシンと、メダル落としゲームがあった。メダル落としゲームは、入射角を変えられるレールにメダルを投入することで、前後方向に動き続ける台の作用で他のメダルを押し出し、台からこぼれ落ちたメダルをちょうだいするゲームだ。子供の頃、一〇〇円だか五〇〇円だかで換金できるぶんの少ないメダルでたまにやっていた。

大人になってからやるのは初かもしれない。手元には二〇〇枚もあるし、大人の冷静さで勝てるだろう。しかし始めてから徐々に、手元のメダルが減っていっていることに気づいた。前後に動く台が前に出てきている時――メダルの倒れるスペースと時間が確保できたタイミングでメダルがレールから落ちるようにしなければならないのだが、よくミスをして、他のメダル上に重ねてしまう。

やがて、メダルを投入できるチャンスの少なさに気づいた。前後に動く台が最も後ろへと引いた状態から前方向へと動きを変えた一秒前後の間にメダルを投入しないと、メダルが他のメダルに重ならずに倒れるための時間とスペースを確保できない。それに気づいてもちょくちょく無駄打ちを重ねた。

この勝率が続けば、確実に負ける。しかし自分で投入したぶんのメダルが台上には増えているから、もう少し粘れば大勝ちできるかもしれない……。

始めてから三〇分ほどが経過し、気づけばメダルは残り僅かとなっていた。その時点で、理解していた。このメダル落としゲームの最良の結果は、ゆっくり負けることなのだ。たとえテクニックを習得し大勝ちできるようになったところで、同じだ。換金できず景品ももらえないメダルゲームにおいて、法定通貨をメダルへ交換してしまった時点で、もう出口はない。交換したメダルを台上で失うか、勝ち続けていてもある日突然飽きて、ゲームセンターに預けているメダルの貸し出し有効期限を過ぎるかの、どちらかしかない。

確実に負けるゲームで少しでも延命するのに必要なのは、うまくやることではなく、ミスをしないことだ。そのためには、己をコントロールする正確さと、持久力が必要だ。以前、カートでサーキットを走った際の感覚に近いと感じた。単独で走る場合、必要なのは反射神経ではなく、最も速く走れるラインを忠実にたどる集中力と体力であった。一定の距離をたとえ光の速さで走ったところで、要するタイムがゼロになることはない。ミスをしないのが大事で、越えられない限界点が必ずどこかにあるという点において、メダルゲームも似ていた。

場所を教えていたから、やがて銀行員の友人がやってきた。

「まさかこんな所にいるなんて」

「もう負けそうだよ」

残り数枚のメダルを投入すると、ボーナスメダルをもらいまた少し延命できたが、やがて手元のメダルはなくなった。

「タイ料理食べに行こう」

「いいね」

友人からの提案に立ち上がったところ、自分の手が銀色に汚れていることに気づいた。トイレで洗ってから、近くのタイ料理屋へ。実世界で法定通貨を増やすための話を、雑談混じりで色々話した。

やがて、お金を増やしてしたいことはなんなのかという話題になった。友人は教育費の他にクルーザーと別荘が欲しいと話していたが、僕がレンタルで充分じゃないかと話すと、レンタルでいいとなった。だとしたら、それほど多くのお金は必要としない。無理をして増やそうとしなくてもいいわけだ。

すると法定通貨も、メダルと似ているのではないかと思えてきた。それを増やす事自体には、あまり意味がない。大事なのは、メダルや法定通貨それ自体ではなく、使って楽しむことであるのだろう。

三十三歳の初体験 38

サウナフェス

新興宗教みたい

ＴＢＳラジオで約半年続けている毎週木曜夕方のレギュラー番組のスタッフたちの中に、サウナ好きが何人もいる。番組内でサウナについてとりあげ、僕も数ヶ所のサウナに行ったりした。やがて、サウナフェスなるものに行かないかと提案された。長野県の湖畔で行われ、一日限定二〇〇人、三日間で計六〇〇人の参加に対し、応募倍率は五倍だったという。

サウナ好きのスタッフたちは取材目的でなければこのイベントには行けないようで、僕が行くのであれば関係者枠で運営側に通してもらえる。

三連休の二日目、東京都心の僕の家にスタッフ四人が集まった。ＢＭＷのセダンに男五人で乗りこみ、長野県南佐久郡のフィンランドヴィレッジへ向かう。二時間半ほど運転し会場近くの駐車場へ着き、そこから約一キロの距離を歩いた。

やがて湖が、そして隣接する集落も見えてきた。小屋やテント、水着やＴシャツ姿の人たちの姿がある。サウナフェスの会場であった。

フィンランドヴィレッジ自体は会員制の施設で、常設のサウナはいくつかある。フェスの間はそこを貸し切り、業者や有志者たちが個性豊かなサウナを設置している。コテージで水着に着替え、まずは広報の女性に案内してもらった。

「今日は一九種類のサウナ、水風呂があります」

まず、テントサウナへ。アロマの香りで三部屋に分かれており、そのうちの一つに入る。テントの中にはベンチがあり、五人ほど座れる。地面はむき出しで、真ん中にストーブが、その上に石が積まれ、煙突が上にのびている。

「羽田さん、足もとに水が置かれていますね。かけてみてください」

マイクを持ったスタッフに言われ、柄杓《ひしゃく》でアロマ水を石の上に一かけする。たちまち、熱風がテント内に広がった。

もう一かけしたところ、さらに質量をともなった熱気でまず耳が、そして全身が耐えられないほどの熱波に包まれ、これはマズいと慌てて二人して外へ出た。

「あちー！」

僕は少々怖さすら感じていた。テントのサウナなんて店舗のサウナと比べれば断熱性や気密性もないだろうと、舐めていた。実際は逆で、狭いからこそ、熱は伝わりやすいのだ。

「羽田さん、水風呂行きましょう！　湖へ」

そう言われ、湖へ向かう。サウナの本場フィンランドでは、サウナとあわせて湖に入る文化があるという。

「冷たいっ！」

湖の浅いところで腰まで浸かり、そう感じた。近くではアメンボが泳いでいる。試しにもう少し深くまで行き、首までつかった。するとアメンボは僕に触れることなく、遠ざかっていった。湖には波がない。ほぼ目の高さに広がっている湖面に、木々の姿が反射しており、今まで見たことのない風景だった。

サウナに入っては水風呂、外気浴、といった基本のワンセットを、その後も行ってゆく。中でも、フィンランドの伝統的なスモークサウナは、サウナ好きたちには憧れのサウナであるようだった。外観は、土や草で覆われたログハウスのような小屋だ。入ってみると真っ暗で、他のサウナと比べれば熱くない。温度がそれほど高くないからと、機材を持ったスタッフたちも全員一緒に入った。

「風呂に入っているような温度感ですね。ずっといられる」

「うん、水風呂と外気浴まだなのに、既にととのってきた」

サウナ好きの面々が、そう感想を述べる。「ととのってきた」とはサウナ業界における新語かつ共通言語で、サウナ、水風呂、外気浴を経て得られる独特の快楽状態をさす。その経験を僕も何回かしたことはあるが、サウナに入っているだけでその状態にもっていけるという点で、やはり伝統的なスモークサウナはすごいらしい。自分だけではそれがわからないが、偏執狂的にサウナを愛している人たちと一緒だと、自分にもそれが理解できた気になれて楽しい。

収録を終え、やがて自由行動になった。顔をさらしどこをふらついても、ストレスがない。というのも、下品な客が一人もいないのだ。普通、日本全国のどこに行っても、「誰だかわからないけど、有名人でしょ？　サインしてください」「なんか、作家の人でしょ？　一緒に写真撮って」と、特に中高年の人たちに絡まれたりするのだが、そういうのがない。

客層は二十代後半から四十代くらいまでがほとんどだ。交通の便が悪い場所にまでサウナのために来られる余裕のある人たちだから、たまに挨拶程度に交わす会話にも節度があり、距離感も程よい。恥ずかしがって全然言葉を返してくれない人とも出会わなかった。一日二〇〇人という人数が絶妙で、何時間も過ごしているとなんとなく顔ぶれを覚えてきて、荷物を置きっ放しにしてサウナに入っても、誰かに盗まれるかもというような警戒心が解けてゆく。

コーヒーを出してくれる小屋に入り、そこでコーヒーが出来上がるのを待っていると、水着姿の女性から声をかけられた。二十代半ばくらいの人だ。なんでも出版社の文芸編集者だそうで、しばらくその人ともう一人の男性編集者と共に、そこでふるまわれていたタールとニコチンがないタイプの水煙草を吸いながら会話した。出版社の人たちと、水着姿で水煙草を吸ったことなど今までない。

昔見たアメリカンニューシネマなんかで、こういう開放的な空気感が描かれていた気がする。人間にとって心地良い事や空間は、昔と今とでそう変わらないのだろう。サウナそのものも良いが、趣味嗜好、経済的な背景、その他諸々が似ている人たち同士で集まることによりストレスが全然ない状態が、僕にはとても心地良かった。

午前一一時から午後五時前頃までたっぷり楽しんだ後、帰りの車中でそのことを話すと、人里離れた場所で志を同じくした者たちで集まるなんて、新興宗教みたいですよねという話にもなった。それは極端な例としても、自分が心地良く過ごせるかどうかは、周りにどういう人たちがいるかという要因によるものが本当に大きいのだと、知れてよかった。

もの壊し放題の空間

フラワーアレンジメント

サウナフェス

応援上映

三十四歳の初体験

三十四歳の初体験 39

ボルダリング

すべては有限、なのだ

東京都内を歩いていて、ふとした時に目にする光景がある。雑居ビルのワンフロア内で、傾斜があったりする壁にカラフルな突起物がつけられている様は、バブル期の芸術オブジェのようで、床には分厚いクッションが敷かれている。

岩登りを模したボルダリングを随分前から知ってはいた。なんとなく、一回くらいはやってみようと、興味を抱き続けていた。しかし、出先で急に発見したりするから、いつでも行けるものだという印象があって、行っていなかった。

『BOULCOM 新宿店』がある地下空間に下りると、ボルダリング用の靴に履き替えることに。

「足のサイズおいくつですか？」

「三〇センチです」

僕の答えに特に驚くこともなく、先生がボルダリングシューズを持ってきてくれる。それだけ、足の大きな人もよく来るということだ。見れば、細身の先生は僕より背が高い。体重が軽くリーチの長い人のほうが有利なスポーツなのだろうか。

「壁につけられたホールド（突起物）の色ごとに、レベルが分けられています。Sと印されているスタート地点のホールドを両手で持ち、上にあるGと印されたゴールのホールドを両手で二秒ほど持てたら、成功です」

最も簡単な黄色の八級から始まり、六級までは、手だけ課題のホールドに触れたら、足に関しては他のどのホールドを利用してもいい。しかし五級より上は、手も足も両方、同じ色のホールドしか使ってはいけない。

色ごとに分けられた各階級の中でも数字がふられていて、基本的には数字が大きくなると難易度は上がるようだが、必ずしもその通りではない部分もあるとのこと。ホールドのつけられた壁は垂直のものもあれば、上側がせり出した傾斜、下側がせり出した傾斜もある。

他にも数人お客さんはいるが、横に広い壁はホールドによりなんとなくブロックが分けられており、空いているところを選び好き勝手挑戦できる。手に滑り止めのチョークをつけた僕は、八級の簡単そうなものにチャレンジした。

力をあまり使わずとも、クリアできた。他にも八級を二つくらいクリアした後、七級にチャレンジする。八級より、コツや力が必要だった。終えると、ホールドを掴む手が疲れてくることに気づいた。

日本の学校教育で育ってきた僕は、順序よくステップアップしようとしがちだが、ボルダリングに関しては必ずしもそれが正しいアプローチではないと悟った。順序正しくやっていけば、短い時間内でもコツはつかめてゆくだろうが、それを体得する頃には、手や背中、脚といった筋肉に疲弊をきたしてしまう。

事実、六級で失敗もするようになった。先生にコツを聞いてチャレンジしたらようやく、クリアできた。

僕と同じ時間帯に始めた男性二人組は、体験コースだったのか、四五分ほどで帰っていった。僕は先生に訊いた。

「常連さんとかは平均的に、どれくらいの時間やっていかれるんですか？」

「二時間くらいですね」

その答えは意外だった。常連ほど無駄なく、体力がもつ時間だけ集中して練習するものだと思っていたからだ。

「ずっと上ってはいられないですからね。じっと壁を見て、どのホールドにどのように手と足をかけてゆくかをシミュレーションする時間が長いんですよ」

ボルダリングは、ただの体力勝負ではないのだ。

「手足が長い人は有利ですが、弱点もあります。無理な姿勢から足を上にかけたりするのは、短い人の方がやりやすいです」

手足両方とも指定のホールドにかけなければならない五級以上は、一気にレベルが上がった。まず、スタート地点のホールドがものすごく持ちにくい。そこから次のホールドに手をかけたとしても、足をどう連動させるか、いくつかあるホールドのうちどれを手でつかみどれに足をかけるか、順番も迷う。迷っている間にもホールドを掴んでいる手の限界が訪れ、マットの上に落ちてしまう。

上りながら考え、迷っているようでは、駄目なのだ。

僕は体力を回復させがてら、マットの外に出て、自分が攻略できなかった壁を見つめる。実際に対峙して、カラフルな見た目のポップさとは裏腹の厳しい壁であることがわかってきた。

上る前に、どういうルートをどのように進むか、頭に入れておかなくては駄目なのだ。それを固めておかない段階で、行き当たりばったりでチャレンジしても、体力を無駄に消耗するだけだ。シミュレーションは完璧だったとしても、体力がなければ、それを遂行することはできない。

すべては有限、なのだ。

それこそがボルダリングの面白さの大きな要素かもしれない。体力だけでなく頭も大事だが、ただ単に頭を使えばよいというものでもなく、時にはホールドからホールドへ飛び移るような力任せの野蛮さも、必要なのだ。そしてそんなことができる回数は、限られている。

人生だってそうだろう。色々と失敗から学び、年をとってからようやく賢くなっても、体力や野心、周りの人たちが助けをさしのべたくなるような若々しさを失ってからでは、なにかを成し遂げるのも難しくなる。

体力や野心が大いにあり、周囲の人々が応援したくなるような若いうちから最大限に頭を使い、かつ力任せにがむしゃらにやらなければ、人生でやり遂げたいことなんてできないのだ。厳しいが、それが現実だ。ボルダリングは、その真実をはっきりと示してくれる。

僕は約二時間とっている終了時刻の終わりを意識しつつ、あと数十分以内にギリギリ達成できるかできないかどうかのコースを、二つほど定める。時間内にどちらかをなんとか上りきれば、カタルシスも得られ、エッセイとしてもまとまるだろう。

「片足で壁を蹴りましょう」

「腕で上るのではなく、踵をなんとかホールドにひっかけ、足で体を上げるようにすればあのホールドも掴めます」

先生から適宜アドバイスをもらい、見本も見せられ、コツをつかんでゆく。しかし、筋力をつかうだけでなく素手でやっているから手の皮膚も痛くなってきて、頭ではクリアの方法が見えているのに、身体がおいついてくれない。

「もう今日は、これくらいにしておきます」

まだ終了時間に達していないにもかかわらず、僕は降参宣言をした。残りの体力的に、駄目なものは駄目だとわかる。

人生初のボルダリングを、キリの良いところまで成功させ終了、という綺麗な形で終われなかった。引き替えに、頭と身体で大いに学んだことがある。

自分のペースでゆっくり生きましょうなどという、聞き心地の良い文言を真に受けてはいけない。べつに仕事で出世しなくとも、人間誰しも、自分が追い求めている理想の生活や人生はあると思う。それを実現させるには、体力のある若いうちから必死に頭をはたらかせ、自分でつかみにいかなくては駄目なのだ。年をとってから賢くなっても、それを実現させることは叶わないまま、後悔ばかりの中で死ぬことになる。

三十四歳の初体験 40

ストレッチ専門店

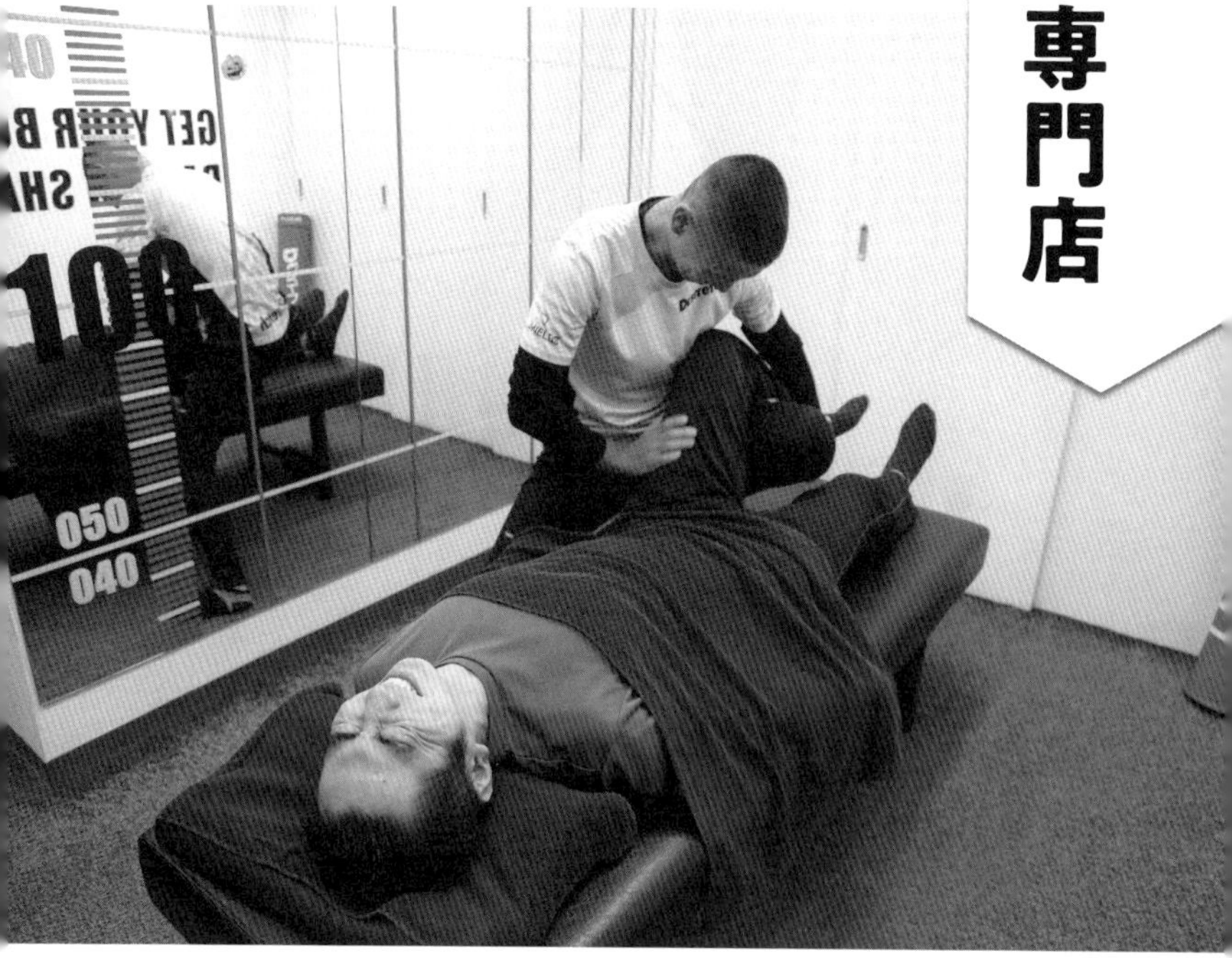

なにもしないように
頑張るのは難しい

初めて見たのは、もう一〇年近く前だろうか。ストレッチ専門店とのことで、トレーニングウェアを着た人たちが店外で呼び込みをしている光景を珍しがった。ストレッチなんて自分でできるんだし、そりゃ、閑古鳥も鳴くだろう。そのように捉えていたが、ストレッチ専門店はどんどん増えていった。自分の生活圏内にも数店舗ある。足を運んでみることにした。

その日は午前中に本連載のボルダリングの取材、夕方にTBSラジオの生放送だった。ボルダリングでは普段使わない筋肉を使ったからか、腕や背中にどんどん筋肉痛を感じていった。ボルダリングと関係なしに、前日にやった筋トレのせいで、ふくらはぎにもかなりの筋肉痛がある。

TBSから歩いて、ドクターストレッチ赤坂店へ。ウェアに着替えると、立った状態で前屈したり、施術台に腰をかけ左右に状態をひねったりして、柔軟性を確認される。

「わりと柔らかいほうですね」

施術してくれる店長の松浦さんに言われた。前屈で指先が地面につかないものの、僕は大人の男にしては身体が柔らかいほうである。筋トレついでにたまに下半身のストレッチはしてきたし、なにより一年ほどJAZZダンスをやっていたからだ。JAZZダンスのレッスンではストレッチの動作をしている時間が長い。しかし半年ほど遠ざかってしまっており、今はストレッチ動作も少ないHIPHOPダンスしかやっていないから、少し前ほど柔らかくはない。

ベッドに仰向けになると、左脚からストレッチしてもらう。松浦さんに抱え持ってもらった脚は、揉まれるでもない、叩かれるでもない、中空で自転車のペダルを漕ぐような立体的動作をさせられる中で、自然と筋肉が伸ばされる。すぐに、これは気持ちいい、と思った。もちろん、たとえば以前やったアーユルヴェーダのオイルマッサージだって気持ち良かったわけだが、それとは質が異なる。ストレッチの心地良さは、日常的にはそこまで伸ばさない、という可動域の限界近くにまで筋肉を伸ばすことによって、かたまっていたものをほぐすところにあるのだ。それが人体にとって必要だから、快楽を感じるようになっているのだろう。寝たきりになったりして可動域がどんどん狭くなれば、転びやすくなったりと、危ない。

可動域が広まる、という実感込みでの気持ち良さに、眠れそうだな……と思っていたが、それだけでもなかった。

「ちょっと痛いですよ」

脚を挟まれたまま、太もも、ふくらはぎといった筋肉をぽんぽん叩かれる。特に筋肉痛のふくらはぎは痛く、反射的に逃げ出したい欲求にかられるのだが、その痛さが絶妙な加減で、やめてと言うほどのものでもない。筋肉をほぐす動作なのだろう。ストレッチする部位が他にうつっても、たまにその動作が入る度、これをやめてくれたら気持ち良さだけで済むのになと感じるが、我慢はできる。

「頑張ってください」

松浦さんからそう声をかけられ、僕も頑張ろうと思うのだが、果たして頑張るとはなにか。筋力トレーニングのように、より重い物を持ち上げたりという、自主的な頑張りの要素は全然ない。くすぐったさにも似た痛みをやり過ごすには、歯を食いしばったり力を入れるのはストレッチ的に逆効果だし、力を抜いた状態で、すべて受け入れるしかない。

それはつまり、なにもしない、ということだ。なにもしないように頑張る、というのは、力を入れて頑張るより難しい。

「背中が硬いですね」

横を向いた状態で、肩甲骨のあたり等、背中を複雑な動作で伸ばしてもらう。松浦さんいわく、僕は下半身がかなり柔らかい反面、背中は硬い。前屈で地面に届かないのも、背中の柔軟性が足りないらしかった。今までやったことのない動作で、腹、腕も徹底的に伸ばしてもらう。

やってもらいながら、これはむこう二〇年は絶対になくならず重宝される職業だな、と感じた。機械のストレッチ機もあるにはあるらしいが、こんな立体的で大胆かつ繊細な力の使い分けが必要な技術を、機械が個々人の身体にあわせて行うなんて、不可能だ。繊細な力加減だけであれば、センサーの感度を上げれば可能かもしれないが、強い力も必要なのだ。そしてそこまでやらないと、意味がない。やりすぎれば、怪我をしてしまう。訴訟を恐れる機械メーカーがそのギリギリのラインを探れる製品を作るのは、当分無理だろう。

六〇分のストレッチがいつの間にか終わると、いくつかのことが実感できた。まず、両腕がまっすぐ上に伸びるようになった。体重を足の裏で支える感じに変化はあるかと問われたが、それに関しては正直、なにも感じなかった。僕にはストレッチの習慣があるからだろうか。

聞くと、松浦さんは数年前に海外の店舗も含めたドクターストレッチ全店舗で、一位の腕前を表彰されたのだという。それを聞いて、「ですよね」と口から出た。あんな複雑な動作かつ繊細な力加減技術を、全店舗の全スタッフができてしまったら、普通のマッサージ業界は壊滅する。取材を申し込んだから広報の方が日本チャンピオンの松浦さんを呼んでくれたのかとも思ったが、違った。担当編集者がＴＢＳ近くの赤坂店に電話したところ、たまたま松浦さんが応対してくれ、その流れで僕は日本一のストレッチを受けることとなったのだ。だから、他店舗の新人の技術がどんなものかは、わからない。

「でも、マッサージ目的で来た方とかは、あの少しだけ痛い過程はやめてとか言いそうですよね」

「ですので最初に、マッサージとは違って、パフォーマンスの向上を目指すためのトレーニングですよと、説明しています。ゴルフのパフォーマンスを伸ばすためにいらっしゃるお客さんなんかは多いです。羽田さんも今日、先にボルダリングをされたそうですが、先にストレッチをやってもらったほうがよかったですね。リカバリーのためのストレッチよりも、先に身体を正しく使えるようになってから他のスポーツをやってもらったほうが、正しいフォームで行えますから」

ドクターストレッチの黎明期《れいめいき》は、怒り出すお客さんもいたという。多少の痛みをともなうストレッチだったからだ。それを聞いて、従来的なマッサージが、今後もなくなることはないだろうなと考えを改めた。必ずしもなにかを改善したいという人たちばかりではなく、目先の快楽だけに浸っていたいという人たちは、一定数いるからだ。娯楽としてなら、それも悪くないだろう。ただ、なにかを改善したいのであれば、話は別だ。

三十四歳の初体験 47

ブリ一本釣り

ダウンし船上で足手まといだった

BS-TBSの正月番組『日本ご当地はたらき旅』の収録で、ブリの一本釣り漁をしに行くこととなった。高知県土佐清水市にて四泊五日のスケジュールで、サバ漁も行う。

午前中に高知空港へ到着し、バンに乗り四国最南端の市、土佐清水市へ向かう。曲がりくねった一般道が続くからか、三時間ほどかかった。

番組のコンセプトは、都会で暮らしている人間が、地方に行き過酷な労働をし、現金での報酬をもらう、というものだ。

「羽田さん、初体験の漁をされるとのことですが、漁師さんたちに対しどのような印象がありますか?」

カメラを向けられた状態でディレクターから質問され、荒くれ者で何も教えてくれない人だったらどうしよう、というようなコメントをしておく。テレビ取材に応じてくれている時点で、僕が会うのはそのような人たちではないとわかりきっている。心にない言葉を述べるのは、僕から番組側へ払う参加料だ。ブリ漁などという貴重な体験をさせてもらうのだから、強制されなくとも〝自発的に〟言わなくてはならないセリフがある。もちろん主義に反するようなことは言わないが、こだわりのないことであれば、意図をくみ口にしてもいい。

この日は漁は行わないものの、午後三時過ぎ頃、お世話になる足摺岬釣鰤《あしずりみさきつりぶり》組合の方々へ挨拶しにうかがった。組合長であり船長の岡野さんは六九歳、最年少は五四歳で最年長は七二歳という五人による高齢漁師チームである。カメラがまわっているなか、港にある二階建ての事務室二階の畳部屋に通され、料理でもてなされた。

日常的に東京の魚屋で寒ブリのサクを買い食べまくっているから、獲れたての寒ブリ刺身との味の違いがわかる。脂身の食感だけでなく、わりとしっかりした歯ごたえがあった。高級な寿司屋でも食べたことがない。他のあらゆる魚料理もおいしい。バクバク食べまくっていたら、漁師の方々から感心された。

「圭介は魚が好きだなぁ」

組合長がそう言う。番組の演出もあり、雇われの身となった僕は「圭介」と呼んでもらうこととなっていた。何度かメディアの取材を受け慣れている組合長岡野さんを除き、漁師の方々の中にはシャイな方もいらっしゃるようだった。

「圭介、腕相撲だ！」

五人の中で最も喋るAさんから、なぜか腕相撲を申し込まれる。Aさんの手も他の方々同様、真っ黒で指の節々まで太い。定期的にジムへ行ってはいるが生白い僕の手と比べると、違いは歴然だ。

腕相撲が始まるとしばらく拮抗したあと、徐々に僕が有利になってきて、よくわからないタイミングで勝負が自然消滅した。僕が負ければ〝都会のひ弱な奴が屈強な漁師に負けた〟というテレビ的にわかりやすい画になったのであろうが。Aさんが手加減してくれたのかもしれないし、そうじゃなかったとしても、三四歳の僕に対しAさんは七十代だ。酒も入っている。

酒といえば意外なのは、漁師は皆大酒飲みなのかと思っていたが、そうでもないらしいということ。昔は飲んでいたが身体を壊しあまり飲まなくなった人もいたし、五四歳のBさんはソフトドリンクしか飲まない。なんとなく、朝が早い仕事のため体調管理には気を遣っているようであった。それに気づいたとき、僕自身は暴飲暴食をしたあとだった。近くのホテルに戻ると、スタッフたちと温泉に入り、寝た。

午前五時半に起き、バンで港へ向かい雨具や長靴といった仕事着に着替える。乗りこんだ船は小さめで、一本釣りで魚を引き込みやすいよう、縁の部分が低い。

朝日の中、エンジン音を轟かせ出港する際、乗り物好きの自分は高揚感を覚えた。海だから、渋滞していない場所を進むのが特権的で気持ち良い。

足摺岬より二キロほどの漁場まで移動すると、準備が始められた。毎日エサを撒いておくことでブリを近辺に足止めし、一匹ずつ釣り上げる。釣り針のまわりにミンチ状のイワシの入った網袋を巻き付け、海に投げ込む。糸を手で持ち、アタリがあったら電動リールのスイッチを入れ釣り上げ、最後は人力で船に引き上げるという流れだ。

寡黙だが親切なCさんに仕掛けをつけてもらい、アタリを感じた段階で、電動リールのスイッチを押してもらう。至れり尽くせりやってもらって、釣れた。しかしそれでは自分でやった感がない。揺れる船上で、エサの入った網袋を仕掛けに結びつける方法を教わった。

青年期まで釣りをやっていたからルアーの結び方ならわかるものの、ブリ一本釣りの仕掛けの結び方は難しく感じられる。平地でならすぐ理解できそうだが、揺れる船上で習うと、手元がふらつくこともあり、苦労した。段々と身体の中心から、細かい作業を拒絶したくなる不快感が広がってゆく。

魚を釣った直後、僕は海に向かい吐いた。記憶の限り、人生で初めての乗り物酔いによる嘔吐だ。それからはもう駄目だった。吐いた直後は楽になるのだが、仕掛けに向き合ったりしていると、また段々と気持ち悪くなり、海に向かって吐く。

「良いエサになる！」

船前方にいる饒舌なAさんにそう励ましてもらう。吐瀉物《としゃぶつ》は魚にとっての良い撒き餌となるらしい。しかし二回目以降は胃の中に固形物は残っておらず、胃液しか出てこない。僕と同い年のサブカメラマンが少し具合悪そうにしていただけで他の誰も吐いてはおらず、メインカメラマンなんかはカメラの小さな液晶モニターを見ながら船内のあちこちを移動していて、超人的な人間に感じられた。モニターを見る分にはあまり酔わないのだという。

船上での休憩時間もあり、さばきたての刺身や汁をごちそうになる。しかし僕は汁を少量すするくらいしかできない。釣ったばかりの魚の刺身なんてこの世で最も新鮮でおいしい魚の食べ方であろうが、それが可能な状況に身をおいている時、僕は気持ち悪さで全然食べ物を受けつけない状況にいた。

ダウンして寝転んでいる時間も長いまま、三時間ほどで漁は切り上げられ、港へ帰った。釣った魚の水揚げ作業のため地上に戻ると、「顔が白い」と言われていた船上での状態が嘘のように、初歩的な手伝いに取り組めた。しばらく事務所で休憩して、午後三時頃に足摺岬から車で一五分ほどの土佐清水漁港へ。釣ってきた魚は、ここでセリにかけられる。自分が釣った、尻尾の欠けたブリを買ってくれた人がいて、嬉しくなり訊いてみると、魚の問屋さんだった。

番組の演出で封筒に入った日当を組合長からもらったあと、夜も店でおいしい魚料理をいただく。飲酒は控えめにした。吐いてダウンし船上で足手まといだった自分は翌日の漁で少しでも役に立ちたかったし、本音をいえば、吐く不快感からできるだけ遠ざかりたかった。船酔いが、あれほどの地獄だとは思わなかった。遊びならまだしも、漁という仕事で来ている以上、僕一人の船酔いのため短時間で陸へ引き返すなどという迷惑はかけられない。宿へ戻ると、すぐに寝た。

翌朝出港すると、海が荒れ気味だった。餌を撒いて帰ってくるだけになるかもしれない。組合長が番組スタッフにそう話しており、となると短時間で終わるが、波が強ければそれだけ船酔いもきつくなりそうだから、どちらがいいともいえない。

よく寝たからか、体調は良い。それに前日の船酔いを反省する中で、睡眠不足の他に、手元を見続ける時間の長さについて考えていた。揺れる船上にて足腰でバランスをとりながら、さらには手元の仕掛けを凝視しようとするから、脳が混乱して酔うのだ。手元を見ている時間を短くする必要があり、エサを仕掛けに巻き付けるシミュレーションを何度もしていた。

一匹釣り、二匹、三匹と、揺れの大きい中でコンスタントに釣ってゆく。やがて短めの時間で釣りは切り上げられ、エサを海に撒いたあと、帰港した。全く船酔いしておらず、まだ釣っていたいとすら思った。

陸では、エサとなる魚を鉈《なた》で切る作業にしばらく従事した。

「圭介、指切ったら小説書けなくなるから注意しろ」

隣のAさんに言われる。たしかに、ちょっと油断したら簡単に鉈で指まで落としてしまうだろう。稼げる職業として憧れられていた漁師を中学卒業後からずっと続けているAさんはじめ、数十年漁師をやられている皆さんの誰も指が欠けていないのを、すごいと思った。数十年間にわたっての、細心の注意が必要とされたはずだ。

その観点でいうと、ブリの一本釣り漁自体がそうだ。最年少のBさんいわく、組合長やAさんのようなベテランともなると、仕掛けを海に落として魚が食いつくまでのストーリーを想像し、指先にアタリを感じる前にリールで巻き上げるのだという。指先のアタリにすら頼らないのだ。己の身の安全を確保しながらそれをずっとやり続けるのは、繊細な感受性をもたないと不可能だ。

豪快さや野性味だとか、なんとなく抱きがちなイメージと実態は、違うのだ。

三十四歳の初体験 42

サバ漁

目に見えることにこだわりすぎるのはまやかしだ

『日本ご当地はたらき旅』（BS－TBS）のロケ撮影でブリの一本釣り漁を終えた日の午後、土佐清水市の港を起点とし、今度はサバ漁をすることに。

お世話になる山上俊也さん・朱里さん夫婦は僕と同じ三十代。少し高台になった場所にあるご自宅へ挨拶しにうかがうと、真新しい一軒家へ迎え入れられた。引っ越してきて一ヶ月も経っていないという。二歳のご長男が家の中を元気に走り回り、朱里さんのお腹の中には二人目のお子さんもいた。

四年前に土佐清水市へ移住した二人は、東京で出会ったという。昔から海の近くに住みたいという願望はあったらしく、土佐清水で研修を受け、二年前に独立した。

直前までやっていたチームでのブリ漁と異なり、今回のサバ漁は単独での漁だ。いつも午前〇時頃に俊也さん一人で出港し、帰港してから翌日の準備までを朱里さんも手伝うとのこと。

「明日からお願いします」

お邪魔した後、僕はスーパーへ寄った。数時間後の日付変わってすぐの時間帯から漁へ出かけることもあり、夕飯はスーパーで買えるものを食べるしかない。新鮮な魚が食べたいと、パックに入った寿司セットやチョコレート、バナナを買い宿へ戻った。

しかし和室で一人寿司セットを食べているうちに、気持ち悪くなっていった。やがて、食べている寿司に含まれる増粘剤等の添加物が原因だとわかった。海沿いの街だからといって、スーパーで売られている寿司のネタが新鮮であるとは限らないのだ。魚の産地が違うのかもしれないし、土佐清水産であったとしても、添加物をつけると別物になるのか。数日間にわたり新鮮で美味しい海の幸を食べまくっていたからか、食に含まれる添加物に敏感になった。半分以上残し、チョコレートやバナナを食べた。

大浴場の露天風呂に行くと、スタッフたちと会った。都会に住む人間が地方で肉体労働をし日当を現金で手渡してもらう、というコンセプトの番組の撮影中、ディレクターはところどころ、それにあわせるような質問を僕にしてくる。

「どうですか羽田さん、一生懸命働いたあとに、手渡しでもらうお給料は？　やはりありがたみが違いますか？」

「どうですか羽田さん、漁師さんという大変なお仕事があるからこそ、都会で美味しい魚が食べられるんですかね？」

それらの誘導質問に対し、僕は求められているのとは半分くらい異なる言葉を返してきた。まず、肉体労働をして現金取っ払いで日当をもらうことに、偉さだとか純粋性も感じない。デスクワークをして報酬を銀行振り込みでもらうのも、等しく誇らしいことだ。目に見えることにこだわりすぎるのは、まやかしだ。

それにこちらのほうが違和感も大きいのだが、〝肉体労働の漁師が大変〟という構図も、漁師さんたちに対し失礼な話だ。職業選択の自由がある日本で漁師をやっている人たちは好きでやっているわけだし、そもそも朝が早いというだけで、魚を釣り上げるのにものすごく筋力を要するような仕事でもない。肉体を使う労働ではあるが、それよりも、変化し続ける海や魚の動きを予測し、アタリにも敏感になる、繊細な頭脳仕事だ。

なにより、都会でのデスクワークと比べ、狩りに行くという本能的にワクワクする愉しさが大きい。昔より稼ぎにくくなったと言われている漁を続ける人たちが今もいるのは、その愉しさや奥深さがあるからだろう。

じゃあそんな真実からかけ離れた誘導質問をしてくるディレクターが間違っているのかと思えば、風呂で裸で話しているうちに、そういうことでもないのだと気づいていった。テレビのメイン視聴者は五十〜七十代層だとはよく聞く話で、ディレクターやその他大勢のテレビ番組の作り手は、先述したわかりやすい構図こそが五十〜七十代視聴者に受け入れられると信じているようなのだ。

家にテレビのない僕としては、そんな書き割り構図にまるで興味はないし、僕が吐きながら漁をしている画を演出なしで見せればそれで充分じゃないかと思う。けれども段々と、テレビの作り手たちが信じているものを、尊重しても良いのではないかと思えてきた。

つまりは、信仰の違いなのだ。演出なしのリアルを面白く思う僕の信仰と、中高年視聴者向けの書き割り演出で加工しまくる作り手側の、大事にしているものの違いだ。漁、そしてそれにまつわるロケ撮影を通じ、そのことに気づけたのは、自分の中で大きな収穫であった。

午前一時半頃、小さな船で出港する。操舵しながら俊也さんが、無線で他の船の漁師たちと連絡をとる。皆単独で漁をしてはいるのだが、ある程度の情報共有はしつつ、大事な情報は伏せておいたりと、駆け引きもあるらしい。

二時間ほど移動し漁場に着くと、俊也さんが仕掛けを海に放つ。縦縄漁では、発泡スチロールの浮きの下にテグスをつけてサバがいそうなポイントに投げてゆく。テグスから横に向け何十もの針とエサがついている。投下しては移動し、仕掛けを投げてゆくのを繰り返し、それが終わると今度は回収してまわる。

俊也さんは他の漁師たちより多く海に出て、多くの仕掛けを投入する若手漁師として評判らしい。一五ほどの仕掛けを手早く投入していったあと、僕もやらせてもらう。まずは重りをくくりつけた先端を海に落とし、テグスの降下にあわせ、エサのついた針がからまないよう左右に投げ入れる。最後にブロック状の発泡スチロールに結びつけ、完全に海に落とす。それらの作業をやっているうち、我慢できなくなり、海に吐いた。

朝日が昇りはじめた頃から、縄上げの作業に入る。仕掛けた針に食いついた魚を回収してまわるのだが、釣り上げたサバをできるだけ傷つけないよう足もとの水槽に振り分けてゆくのも難しい。清水サバは鮮度が大事だ。釣り上げた際は活きが良くても、針を外すのに手間取り弱らせたり死なせてしまえば、商品価値も下がる。釣り上げてお終いではない難しさがあり、その作業中にも吐いた。

七時台に港へ戻ると、水揚げを手伝う。清水サバは鮮魚と活魚に分けられ、鮮魚は氷で冷やし市場でセリにかけ、活魚は漁協に設置された活魚槽へ移す。鮮度を失ってはならないため、船の水槽から網ですくい走って活魚槽まで持って行く。想定台本には、〈羽田「※船酔いの上にダッシュは相当キツい」〉と書かれてあったが、これに関しては全然辛くなかった。あくまでも船酔いが辛いだけだ。

午後、翌日の漁の準備のため、妊婦の朱里さんからエサ作りを教えてもらった。エサ用の冷凍サバを解凍し、包丁でさばく。皮の周りが大事で、余計な身の部分や頭、尻尾は捨てる。塩をまぶしていったあと、魚が食いつきやすいような大きさへと切り分け、タッパーへしまう。延々とそれを行い、夜は夫妻のご自宅で夕飯をご馳走になったあと、再び夜の海へ出た。

「今日は凪《なぎ》ですね」

操舵する俊也さんの言うとおり、海はかなり穏やかだった。そのぶん、漁場へ近づくにつれ、他の船の明かりが沢山見える。出港時には真っ暗の中単独での出港に見えたのに、二時間ほど移動した先の海が船で賑やかだという光景は、なにかが始まるという高揚感をもたらした。

仕掛けを五つ投下し、釣り上げもやらせてもらったが、吐かなかった。慣れで手元を見る時間が減ったこともあるだろうし、なにより凪という理由が大きい。帰路は船首のあたりで寝転がり風を感じながら陸へ戻り、水揚げの後、エサ作りを手伝った。

サバ漁に関しては、手間のかかる準備が、海に出ている時間と同等なほど主要な仕事だった。港の小屋の前で黙々とエサを作っていると、カナダ人観光客の集団にバシャバシャと写真を撮られた。

「無理してやらなくても大丈夫ですよ?」

スタッフたちが撮影しておらず、煙草を吸ったりと休憩している間も僕がエサを作っていると、隣の朱里さんからそう言われた。

僕は延々と魚をさばき続ける。瞑想に近いのかもしれない。海で魚に食いついてもらえるエサを作る行為には、無心になれる心地良さがあった。

三十四歳の初体験 43

古着を買う

古着屋の魅力がわかった

僕は暑がりで、冬もかなり薄着で過ごす。

「寒くないの？」

と、冬に人と会う際は、よく言われる。でも寒くない。基礎代謝が高いのだろう。おまけに二〇歳頃と比べると体脂肪もついたから、筋肉で発熱し、脂肪で熱をとじこめるという耐寒仕様の身体に磨きがかかった。大学四年の冬に買ったロングコートを二十代半ばくらいで捨てたのを最後に、ロングコートは買っていない。ロングコートの難点として、クローゼットにしまう際、着丈が長いので下に他の物を置けなかったりと保管が面倒になるという理由もある。

物の整理整頓にこだわる性格だというのも、僕が洋服を無闇に買わない一因だ。今後着ないだろうな、と思う服は捨てる。そうすると、どんな組み合わせをしても無難なモノトーンの服を、安いユニクロか高い伊勢丹のどちらかで買うパターンが増えていった。

金沢を起点に始まる六日間のテレビロケ撮影の前日、ロングコートが欲しいなと思った。防寒が理由ではない。ロケ撮影において、楽をしたかったからだ。

テレビ出演時はよく、自分の本の書影がプリントされたTシャツを着るため、それが見えるように前の開いたジャケットを着るケースが多い。しかし芥川賞を受賞してから四年半ほどやり続けてみて、それ自体にあまり販促効果は無いことに気づいた。ロケに際し色違いのTシャツを何枚も持っていくと、荷物が増えるし、「寒そう」とも言われる。

ロングコートを着てしまえばどうか。前ボタンを閉じると、下半身も膝上くらいまで隠れる。つまり、スウェットのような楽な格好でも、コートでほとんど隠せてしまうというわけだ。連日のロケ撮影は朝が早いため少しでも眠っておきたい局面が多く、コートを羽織るだけで準備が整えられるのであればそちらのほうがいい。

ブロックテックコートなる機能性素材のコートを買いに、ユニクロへ行った。しかし、僕が欲しいサイズはなかった。残念だが、かといって伊勢丹にわざわざ買いに行く暇もないしな……と思ったところで、思いついた。

夜、友人ととある街で寿司を食べることになっていた。友人はファッションに詳しいし、その街は古着の販売でも有名だ。

〈今日、ちょっと早めの夕方くらいから行って古着屋でコート買いたいんだけど、つきあってくれない?〉

メッセージを送るとすぐ、了承の返信がきた。

夕方、駅でおちあい、案内されるまま古着屋へ向かった。小さなビルの二階へ上り、全体的に白く塗られた空間に入る。

「いらっしゃいませ」

男性店員から挨拶された。他に男女のカップル一組がいて、ファッションに詳しそうな雰囲気の会話をしていた。男物の古着がすべて、ハンガーと業務用の洒落たハンガーラックにかけられている。服の点数自体はあまり多くなく、売り場の雰囲気も、百貨店等の新品を扱う店のようだ。

「これいいかもね」

友人にすすめられ早速羽織ってみたネイビーのコートが、けっこういい。サイズ表記など全然見なかったにもかかわらず、肩幅も着丈もちょうどよかった。そんな感じで、直感で羽織ってみたコートはどれも、それなりに似合った。

不思議だなと思った。少し前にラジオの企画で男性スタイリストから服選びの注意点を指南してもらったことがある。僕の場合は肩幅があるのでぴったりめではなく、オーバーサイズの服を選んだ方が似合うと言われた。以降、たまに洋服屋に行き肩幅にあうオーバーサイズの服を試着してみるのだが、日本人向けの洋服のXLやXXL、XXXLサイズは極度のデブ向けに作られているのか、腹回りがダボッとしてしまうのだ。

しかしこの古着屋に置かれている服は、肩幅にあわせても、他の部分がスリムだ。それだけでなく、袖丈も長いため、腕の長い僕としてはつんつるてんにならなくてありがたい。シャツもいくつか試着した。

結局、チェコスロバキア製のネイビーのコートと、オフホワイトと黒のシャツも一枚ずつ買った。その後寿司屋で食べている最中も、古着屋の真っ白の紙袋が気になった。友人から聞くところによると、今日は不在だったが店のオーナーは比較的大柄な男性らしく、海外に行き自分の好みでまとめて仕入れてくるのだという。

「買ったコート、着て帰ろうかな！」

寿司屋から出て友人に言ってみると、今夜はあまり寒くないんだし暑がりだったらやめておけと言われた。言われたとおりにし、翌日からのロケの荷造りをした。

新幹線で夕方金沢駅に着くと、東京や新幹線車中との気温差を如実に感じた。コートを着てきて良かったと思った。それから数日間にわたったロケ撮影の最中、買ったばかりのシャツもコートも、活躍した。

ロケが終わってからも、冬の東京でコートを着るようになった。不思議なもので、コートを着た状態でそれがちょうどいい被服量に感じられると、外出時はコートを着るようになる。それまでいかに、薄着だった自分は無意識的に自分の筋肉で発熱し、暖をとっていたかを思い知らされた。

ただ、コートを着なくても、平気ではある。健康面を考えると、自分の身体で発熱しまくりながら外を歩いていたそれまでのほうが、良い気もする。暖かい屋内に入ったときに脱いだ服が邪魔にもならないし。それでも、古着のコートを着る機会は多めだった。

理由はなにか。単純に、似合う服を着るのが嬉しいのだ。

もちろんおしゃれに関し、他者的な視線を意識しているという前提はあるのだが、それよりも、自分の身体と服のサイズがぴったりあっているという、整合性がとれたような感覚が心地よい。これまで、日本人向けの既製服を着てもだめで、オーダーメイドで作っても自分の身体の歪みにまであわせると服自体のデザインがどうしても崩れた。ヨーロッパ市場向けの既製服が自分の身体にちょうどいいのだと、この度初めて知ることができた。

これまで古着屋には、ネガティブなイメージしかなかった。新品の服を買う余裕のない若者とかが、安くそこそこなおしゃれをするために利用するものだと思っていた。リサイクルショップのイメージがあるのだと思う。それらは品質さえ悪くなければあらゆる服をこだわりなく二束三文で買い取り、販売するだけの、単なる〝中古服〟屋なわけだ。

一方、オーナーが己の審美眼で買い付けてくるセレクト系の〝古着屋〟は、違う。買い付けてくる服のメーカーや産地こそバラバラであっても、オーナーの価値観や美意識、店の雰囲気に合うものだけを仕入れてくるから、すべての服のテイストが似通ってくる。だから、サイズ感さえ外さなければ、適当に選んだ服をどう組み合わせて着ても、それなりに仕上がってしまうのだ。

今回友人に紹介してもらった店のオーナーに関しては、僕とあまり背丈が変わらないようだし、サイズも自分に合うものばかりだった。だから、自分に似合う服を選ぶのが、とんでもなく楽だ。なにを着ても、変な着こなしにならない。

ここにきてようやく、おしゃれな人たちをひきつけてきた古着屋の魅力が、わかった。優れた古着屋は、単に服を売る場なのではない。本質的には、自分専属のスタイリストともいえるオーナーから、間接的なスタイリングというサービスを買っているのだ。

だから変な話、おしゃれにあまり興味がなかったり、服のことであまり頭を使いたくないと感じている人ほど、自分に合う古着屋をさっさと見つけてしまったほうがいい。そこで買ってしまえば、何を着ても統一性をもたせられ、それなりにおしゃれになれてしまうのだから。しかもシャツ一枚が五〇〇〇円ほど、コートが一万数千円だったりと、百貨店等で買うより断然安い。

金はないがそこそこのおしゃれはしたいと思っていたかつての自分にも、教えてやりたいくらいだ。ただ時間は巻き戻せないから、最近は古着屋の魅力をことあるごとに人に伝えている。

先日も、同じ店へ訪問し、緑のシャツと黒のシルクのシャツを買った。

三十四歳の初体験 44

瞑想

いかんいかん

自分には集中力が欠如していると実感するときが、たまに訪れる。小説の直しにじっくり取り組みたいが、いくつかの連載エッセイも書かなくてはならず、放送メディアの仕事や事前アンケートへの回答も、あとは事務手続きやプライベートでの用事が重なり……。どこから手をつければいいのか。どれかに着手しても、ふとしたときに、他のやらなければならないことに関する雑念がわいてくるのだ。

タブレット端末で雑誌の定額読み放題サービスを読んでいると、度々、マインドフルネスという単語に触れた。グーグル等最先端企業でも取り入れられているようで、瞑想の一種らしい。雑念をとりはらうことで心穏やかになり、なにかに集中しやすいメンタルを獲得できるうえ、自律神経まで整うとのこと。

瞑想というと、僕が小学生だった頃は、人生相談なんかで「親戚が座禅を組み瞑想をやりだしたのですが、どうにかできないでしょうか?」といったものを見たように、胡散臭い宗教っぽいイメージがあった。事件を起こした新興宗教法人の影響が大きかっただろう。

それが、欧米の外資系企業が宗教とは関係なしに、自律神経が整うというデータを用いた科学的根拠にもとづき取り入れだしたとなると、メディアもこぞって紹介し、僕もやってみようと思えたわけだ。

都内のビルにあるスタジオ『muon』へうかがった。いくつかコースがある中、オーソドックスなマインドフルネスコースを受けることに。靴だけ脱ぐと特に着替えもなく、床や壁も黒色の、薄暗いスタジオへ通された。柱状の照明に囲まれた空間内で、尻と腰回りをうまく支えてくれる、特殊な座布団の上で座禅を組む。

今回は、インストラクターの先生もいらっしゃったが、通常は、ヒーリングサウンドにのせた音声ガイダンスに従って進行する。はじめのうちは、両肩を上げたり、上半身を左右に傾けたりと、身体を動かす。そして徐々に、呼吸に集中し、身体の感覚に意識を研ぎ澄ませることを指示される。

思っていたのと少し違った。無心になるべくなにがなんでも雑念を払え、とは言われない。むしろ、呼吸には集中しろ、と言われる。太股の上に置いた両手の温もりを感じろ、とも。

これらに近い感覚を、自分は既に知っていると思った。ダンスの準備運動だ。特に、JAZZダンスに近い。息を吐きながら身体の各部位を伸ばし、背骨を積み上げるようにゆっくりと立ったり、呼吸を意識しながら身体感覚に敏感になる点で、かなり近い。そうだとしたら、わざわざ瞑想をやる必要はなく、最近やっていなかったJAZZダンスをまたやればいいのではないか？　運動にもなるし——。

そこで、ガイド音声から言われた。眠気を感じたり、他のことを考えたりしていたら、呼吸に集中しましょう、と。

いかんいかん。呼吸に集中しろと言われていたのに、今自分が体験している瞑想が、これまでに体験してきた他のこととどこが似ていてどこが違うのか、つまりは、ネタ探しの観点から考察していた。エッセイ執筆のために訪れたということもあるし、このあとラジオの生放送もあるからフリートークで話すためにはどう組み立てるか、小説のネタとしても使えないか等、考えてしまっていた。

あらためて、呼吸に集中する。そう、無心になるということはどうやら相当難しそうだから、まずは、呼吸のことしか感じないようにしよう。雑念から遠ざかるようなこの体験は、日常生活からかけ離れていると思う。僕は定額雑誌読み放題のサービスで瞑想を知ったわけで、つまりは情報過多な環境にいる人ほど、瞑想に出会う確率は高いわけだ。しかしながら、特に必要でもない情報をあさってしまう人々の欲望のありかたと、呼吸のみに集中することで雑念を削ぐ瞑想は、脳の状態がかなりかけ離れている。情報過多な中で瞑想に興味を抱けても、それを実際にやれる人はほんの少ししかいないだろうなと感じた。

考え事が思い浮かんだり、眠気を感じてしまうことも自然です。その自分の姿を、客観的に見つめましょう。

音声ガイドに言われ、愕然とした。また、瞑想について考えていた。

同様のことが何度か繰り返されるうち、肝の部分がわかってきた。呼吸に集中するのが大事だが、雑念が浮かんでくるのも自然なことであり、大事なのは、どんな状態の自分をも客観的に捉えることとなのだ。

三〇分ほどのプログラムが終わると、脳が水面下でなにかに集中しているような感覚があった。白湯を飲みながら、日常生活における瞑想の具体的な効能を説明してもらう。なにか強い感情がわいても、それをいったん心にとめおき、言葉を発することができるようになるという。特に女性は月経周期で心理状態が変わることもあるらしく、瞑想をすると、心穏やかでいられるようになるとのこと。

自分に当てはめてみると、僕は元から、あまり感情的なふるまいをしない。激情にかられつい言葉が先に出てしまう、というような言動とは無縁だ。メンタルが安定している、とは人からよく言われる。だから日常生活でのこれ以上の平穏は、そもそも求めていないのかもしれない。

そして、瞑想は自分の状態を客観視することが大事だということがわかったわけだが、仕事に集中するため、という目的と照らしあわせてみると、雑念を振り払おうとしてもどうしても湧き出てくるのが、自分が感じたことをどう作品へ昇華させるかという思考だと気づいた。小説家としては、ある意味安心である。それに小説家の仕事は、どうしたって、自分の感じていることに向きあう時間が長い。だから、瞑想における客観視に近いことを、日常的にけっこうしていると思う。

ただ、まだ初回なのだ。ネタ探しの心が強すぎた。今日もこの原稿を書く前にアプリで瞑想をやってみると、心地良かった。自分がネタ探しという動機を捨て、純粋に瞑想に集中するには、この原稿を書き終えてからでないと不可能だ。だから明日以降、しばらく瞑想をやってみて、瞑想の魅力の新たな面を実感できれば、と思っている。

三十四歳の初体験 45

インナーケア&肌診断

「い、いやー！」と
内心悲鳴をあげた

もっと、美を追求したい。

身体の内側と外側のそれぞれから綺麗になるためのアドバイスを得るため、インナーケア検査と肌診断を受けることに。

まず、『クリニックル・ギンザ』にて、不足している栄養素を明らかにする分子栄養学検査と、不調の原因になる一二〇項目の遅延型フードアレルギー検査を行った。一回目の来院で採血とアンケートへの記入を行う。約一ヶ月後に再度訪れ、先生から結果についての説明を受けた。

「かなりいい結果ですね。ちゃんと運動のため筋肉を使っている人だとわかる良好な数値です。ただ、尿素窒素が少し高めですね。尿酸も、基準より比較的高めです」

血液検査の結果が良いと、自分が優秀な人間であるかのように感じられ嬉しいものだが、だからこそ、基準より高めの項目が気になる。特に尿酸値については、酒も飲みすぎというわけではないはずだが。代謝のためのビタミンB群が足りていないかもしれないと指摘された。

続いて、遅延型フードアレルギー検査の結果に。カラフルな棒グラフは〇「正常」から六「非常に上昇」までのカテゴリーに分けられており、ほとんどは〇〜一くらいの「正常」範囲内なのだが、いくつか、六に達しているものがあった。

「卵白に強めに反応していますね」

「卵白ですか！　卵って、ボディービルダーの人たちが皆食べてるから、僕も食べてるんですけど……」

　今朝も時間がない中、納豆に卵、白魚、ネギ、いくらをかきまぜたものを、玄米と押し麦を半分ずつまぜたご飯にのせ食べてきた。

「牛乳も高いですね。卵と牛乳は、同じような反応を見せます」

「昔は牛乳をよく飲んでましたが、ここ数年間はほとんど飲んでないです。……でも、牛乳から作ったホエイは、正常なんですね」

　ホエイプロテインは飲んでいるから、それには安心した。

「肉や魚類は、全然反応もないですね」

「先生、いくらはどうですか⁉」

「魚卵は鶏の卵とは違うので、問題ないです」

　先生に少し笑われた。他にも見てゆくと、自分がよく食べる食物の中では大麦が四、アーモンドが三と少し高めで、同じ穀物でも小麦は二だった。小麦アレルギーの人の話はよく聞いていたから、小麦より大麦の数値のほうが高めに出たのは意外だった。あとは、製パン用イーストが四で、醸造用イーストが五だった。酒にはあまり強くない体質ということだ。

「魚介類が好きなんで、肉や大豆もそうですけど、それらでアレルギー反応が出なかったことにすごく安心しました」

「基本的に、自分の祖先たちが食べていたであろう食物を食べていれば、間違いないという傾向にあります」

「あと、大麦が四ということで、押し麦と玄米を半分ずつ炊いたご飯を食べているんですが、大丈夫ですか？」

「健康的ですし、大丈夫ですよ。三十代男性だと、インスタントの食事ばかり食べて数値が滅茶苦茶な方もけっこういらっしゃるので、それらと比べれば」

そしてふと、肝心なことを知らないでいたことに気づく。

「遅延型の食物アレルギーって、なにに影響するんですか？」

即時型のアレルギーと異なり遅延型アレルギーは、頭痛や関節痛、精神的な落ち込みなど、症状が多岐にわたるようで、単純に解釈すれば、なんとなく調子が悪くなる、ようだった。その中には、皮膚への影響も含まれる。美肌だけでなく健康全般のために、食生活をどう改善すればいいかがわかった。

次に、肌診断のため『野本真由美クリニック銀座』へ。最初にアンケートへ記入した。

「こちらで洗顔をしてください。ネットでおこした泡をつけるようにして洗っていただき、最後にガーゼタオルでおして、水気をとってください」

係の女性から洗面台へとうながされ、洗顔する。大学生くらいまでは洗顔にも気をつかったもので、洗顔用液状石けんをネットで泡立て、泡を顔につけるようにして洗い流していた。それが今となっては、身体を洗うための固形石けんで身体と一緒に顔も洗っている。ただ、ネットで泡立ててこすらないようにする、という点だけは、昔から変わっていない。

ガーゼタオルで顔の水分を拭き取るのは、新鮮だった。毛足の長いタオルのほうが吸水性があり、肌に優しそうなものだが。

「写真を撮ります」

肌に押し当てるタイプのカメラや、顎と額を固定させて撮るカメラでも撮影し数分後、先生による診察となった。モニターに、トリミングされた自分の顔がデカデカと映っていて、落ち着かない。頬の毛のわずかな剃り残しまで見える。

「右目の目尻が下がっていますね」

写真を見ると、たしかにそうだ。

「これは過労な方々に多いです。歴代の総理大臣たちなんか皆、右目の目尻が下がっている人が多いです。私だけでなく他のスタッフたちも、お顔を見てすぐ、気づきました」

総理大臣をもちだされると、まるでデキる人間だというふうにヨイショされたような気もするが、たしかに最近自分でも気力の不足を感じていた。高めの目標に現実の自分が追いついていない焦燥感と精神的な疲れを感じているのだと思っていたが、単純に、過労でもあったのだ。

肌質に関しては、水分が少なめで脂分は多めらしい。それは体質とのこと。画像を見ながらの解析に入り、普通の写真を見ているぶんには、ニキビのような赤い点が二つあるだけで、「綺麗な肌に見えますよね」と言われた。しかし先生の操作により、茶色ベースの写真、赤ベースの写真等々、切り替わる。目に見えるニキビは二つだけだが、その下には、ニキビ跡だったりこれからできそうなものだったりと、毛細血管の塊が多くあるようだった。

「目の下のラインも…」

衝撃的な情報の量が多くて詳細は忘れてしまったが、まとめると、これからゴルフに行ったりと日光を浴びる機会が増え、肌ケアを放っておくと、四十代以降目の下に帯状のシミが浮き出てくるリスクがあるよ、ということだった。

さらに、僕の肌が今より綺麗になった場合と、食生活や洗顔、ストレス等が劣悪なまま悪い感じに五歳分老化した場合の画像も、見せてくれた。五歳分老化した己の顔を目にして、「い、いやー！」と内心悲鳴をあげた。

「こちらの画像を見ると、脂の汚れが多くついていますね。男性でも芸能関係の方でメークをされる場合、ちゃんと落ちていないと、こうなるんですよ」

「え、メークなんて最後にしたのは……六日前ですよ？　落ちていないんですか？」

「ええ。クレンジングでちゃんと落とさないと駄目ですね」

まさか、一週間弱も前にテレビのロケ撮影時に施してもらったメークの汚れが落ちきっていないとは、思わなかった。

「肌の拡大画像を見ると、つるつるですよね？」

僕の肌の拡大画像を見ると、表面がつるつるだった。なんだ、意外と綺麗じゃないか。しかし続けざまに赤ちゃんや美肌の女性の肌画像を見せられると、きめが深めだった。

「肌というのは、押しても平気なんですが、こするダメージには弱いんです。濡れた状態でこするのは特に駄目で、つるつるだということは、こすって洗ってしまっているということです」

「ネットで泡立てて洗っているので、こすっていないと思うんですけど……」

「拭き取り方が悪いのかもしれないですね」

たしかに、濡れた状態の顔にタオルをおし当てる際、結局はこすり気味にしているかもしれない。

「いつも身体を洗うのと同じ固形石けんで顔も洗って、保湿剤もなにもつけていないんですが、大丈夫ですか？」

「固形石けんでいいと思いますよ。ただ、今お使いの石けんでは、汚れが落ちきっていませんが。顔を拭いてから一五分くらい経っても顔が突っ張ってくる感じがなければ、なにもつけないで大丈夫です」

それに関しては意外だった。二十代半ば頃、女性向けの洗顔の本を読んでみた際、保湿をしないと潤すための脂分が多く分泌されそれが肌トラブルを起こすと書いてあったのだが、脂分が多い男の場合は違うのか。洗浄力の高い固形石けんを用いて脂分をとりすぎかなと思っていたが、心配していたのと逆で、そもそも汚れを落としきれていなかった。

他にも、日本人は化粧水を何より大切にするが、それが刺激になる人もいること、メークの際はミネラルファンデーションが肌に良いし落ちにくいということ、ここぞというときに僕が飲んだほうがいい漢方があること等、健康的な美のためのアドバイスを聞いた。

それから数日経った今、過労にならないよう仕事の量を調節し、特定の食物を避け、洗顔の際はいくつかのことに気をつけている。きっかけとしては美のためであったが、実際にやってみると、健康的な生活を送れているという実感のほうが強い。美を求めると、予防医学のような観点から健康について考えることに繋がらざるをえない。忙しい人ほど、美を追求することで、結果的に健康的な生活を送れると思う。

三十四歳の初体験 46

狩猟体験

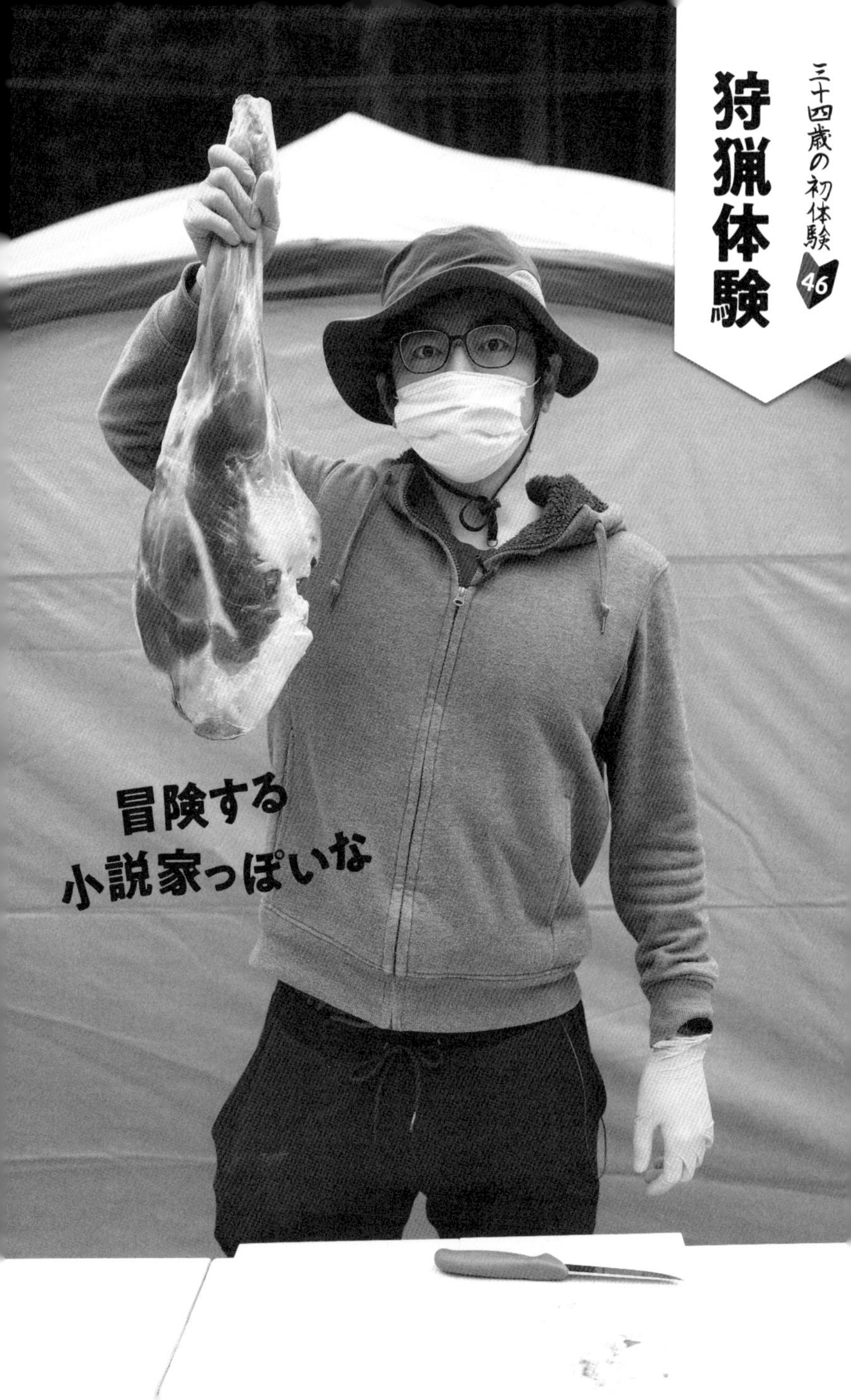

本連載のネタ帳にわりと初期から、狩猟をやりたい、と記していた。たとえば猪を自分で狩って、その日のうちに焚き火を囲み猟仲間たちと鍋、なんていう野性味あふれる画に憧れる。おそらく、僕自身が小説家を目指すきっかけとなった、椎名誠さんのイメージがあるのだと思う。椎名さんの旅エッセイではよく、島でテントを張り、昼間は原稿を書き、夜になったら仲間たちと焚き火を囲み肉を食べながら宴会——そんな場面が書かれていた。小説家という職業はなんて素晴らしいんだと、中学生当時の僕は、書きたいものがあるというより先に、椎名さんのような小説家生活に憧れたのだ。

山梨県小菅村にて、一泊二日での狩猟体験ツアーが行われているとのことで、現地へ足を運んだ。若手猟師のお二人にレクチャーしてもらうツアーで、一日目にガイダンスと罠をしかけながらのフィールドワーク、夕飯をはさんでのナイトツアー、二日目は朝から罠の点検と、ジビエ肉の解体と食事、という内容だ。

拠点となる宿の部屋に荷物を置くと早速、お二人いらっしゃる猟師のうちの一人、鈴木さんによるガイダンスが始まった。害獣として指定されている鹿や猪を捕まえるための罠を仕掛けるには狩猟の免許が必要なため、無免許の参加者はあくまでも猟の手伝いをする、というレベルでの参加にとどまる。ツアーで用いるのは、動物が踏んだら作動し脚を締めつけるタイプの、括《くく》り罠だ。

アメリカの映画をよく見ている僕としては、猟銃による狩猟のほうが気になるので、そちらについてもうかがった。猟銃を用いた場合、射手と、射手の射程範囲へと動物を追い立てる役に分かれる、グループ猟になるらしい。小菅村の場合は五人以上で行うのが条件とのこと。

「皆自分が撃ちたいと思ってるでしょうに、それだと喧嘩にならないですか？　ベテランの人ばかりじゃなく、入ったばかりの若者にもやらせてあげないと、すぐ辞めてしまうのでは」

「そうなんですよ。昔は、撃つ役はベテランの人がやっていましたが、若い猟師が減ってきているので最近は、若手に最初に撃つ役をやらせて、美味しい体験をさせておくように、変わってきています」

僕からの質問に、鈴木さんがそう答えてくれた。

そもそも、猟銃免許を取得し維持し続けるのも、かなり面倒だという。検査されること自体は、聴力、視力、屈伸ができるかどうか、それといきなりの射撃というものらしい。

その他のルールや手続きも特殊だ。銃の保管場所に関して、錠のかかるケースを建物内に釘等で固定し、それを警察に届けなくてはならない。だから賃貸住宅に住んでいる人は難しい。保管場所へ警察官が視察に来る他、近所の人たちに対し、銃を持たせても問題ない人間であるかという身辺調査も入る。人付き合いが少なかったり無愛想だったりする人は、それをクリアーするのが難しいかもしれない。

女性に対しては特に、「もっと楽しいことは他にあるんだからやめておけば?」というように、警察は泣き落としで諭し諦めさせようともするらしい。そう、警察の立場からすると基本的に、市民に銃は持たせたくないのだ。

それらを経て免許を取得しても、三年に一度は更新しなければならないし、定期的に納めなければならない費用もある。つまり、猟銃免許を取得して維持し続けるのは、難しいというよりも、かなりの面倒くささを背負い込むことになるのだ。鈴木さんは、一年で返納してしまった。

その後、罠にかかった鹿を解体した際に撮った映像を見せられた。二人がかりで、一人に前脚を引っ張られた状態で、「キーンッ!」と高い声で鳴く鹿の喉もとに鉈が叩き込まれ、絶命させられていた。ノートパソコンから響く、思いの外甲高い叫び声が、人間とそう遠くない哺乳類による、助けを求める痛切な声に感じられた。以前、メキシコの麻薬カルテルで下っ端の売人をやっていた少年がカルテルの金に手を出してしまい、上の人間から生きたまま手や腕を鉈で切られるスナッフ映像をうっかり見てしまったのだが、あれを思いだした。

かといって、動物の虐殺反対、という気持ちになるわけでもない。むしろ、普段は己の手を汚さず誰かに動物を殺してもらって食べているのだからこそ、一度くらい自分で、動物を殺しているという実感をちゃんと得なければならないのではと感じた。厳格なヴィーガンでもない人間が、害獣認定された鹿が切り刻まれる映像を見てそれを止めようとする資格などない。

ガイダンスの後、フィールドワークへ。宿から歩いてすぐ、落ち葉だらけの林に入った。川沿いの細い道を歩く際、鈴木さんが地面を指さした。

「ここ、動物の足跡がありますね」

見ると、雨上がりで濡れたあぜ道の上には、数センチ大の凹みっぽいものが見えるような気もする。ただ、本当に動物の足跡なのかな、だとしたらそれに気づける鈴木さんはすごいなと感じた。

「ここ、鹿が寝床にした跡ですね」

少し進んで入った山のふもとで、鈴木さんが説明してくれた。たしかに、落ち葉が積もっている中、土が見えている大きめの座布団大の箇所があった。他にも、鈴木さんは歩いている途中で動物の糞を見つけたりしたのだが、木を森に隠したような状況の中、よくそんなものを見つけられるなと、常人離れした能力のように感じられた。

「木に、角の削り跡がついています」

言われて木の幹を見ると、何回も削られたような傷があり、鹿が角を削るためにやったものだと納得できた。

やがて括り罠を仕掛けることに。仕組みとしては、鹿や猪が通りそうな獣道に穴を掘り弁当箱のような形の仕掛けを置き、本体からのびるワイヤーを近くの木の幹にまきつけ固定する。罠の上から土や葉をかぶせカモフラージュし、動物が通るのを待つ。動物の体重がかかると、バネの力でワイヤーが脚を締めつけ、動物は木の幹の周りから離れられなくなる、というものだ。

「あっちの斜面で仕掛けましょう」

そう言う鈴木さんについて山の斜面を登るのだが、登山道じゃない斜面を登る事自体がけっこう大変だ。映画『ランボー』の序盤で、保安官たちから嫌がらせを受けたランボーは逃亡し山の斜面をホイホイと駆け上がっていったが、ランボーってすごいんだなとその身体能力の高さがわかった。

斜面の途中、獣道っぽくなっている場所で穴を掘るのも、慣れていない身からすると大変だった。弁当箱ほどの大きさの罠を埋める穴を掘るだけでもけっこうな仕事量なのだ。無事に仕掛けの上に土をかぶせると、枯れ葉をくしゃくしゃくしゃのふりかけ状にしてばら蒔く。すると、罠を仕掛けたとは思えない仕上がりになっていた。

近くの木の幹に、「この近くに罠を仕掛けています」という内容の貼り紙もしておく。誤って人間がひっかからないようにするためだ。こんな山の斜面に足を踏み入れるのは登山客ではなく猟をやっている人である場合が多いから、そういった人たちに対しては、罠を仕掛けたエリアの手前に貼り紙さえしておけば、罠の場所もどこかちゃんと見極められるのだ。

「できるだけ短時間で罠をしかけ、現場にあまり人間の匂いを残さないようにするのがベストなんですけどね」

鈴木さんが言う。ただ素人目には、動物はそこまで敏感なのかと思ってしまう。

試しに中腰になり、鹿と同じくらいの目の高さで獣道を歩き罠へと近づいたところ、確信した。

「これは、ひっかかっちゃいますね」

やがて斜面から下り、他のポイントにも罠を仕掛けた。動物が通りそうな道の途中に仕掛けているから、動物の立場からすれば避けるのが難しいような気がする。いっぽうで、人間の立場からすると、これだけ広い林の中で、ピンポイントでたった数ヶ所の罠を動物が踏むかという疑わしさもわいてくる。不思議なことに、どちらの立場からしても、罠を避けるのも、捕まえるのも、難しく感じられるのであった。

罠を仕掛け終えると、車で温泉施設『小菅の湯』へ行った。思えばこのあたりはバイクツーリングでしょっちゅう通過している場所であり、『小菅の湯』も名前を知ってはいたが、入るのは初めてだった。日頃足を運んでいたりする場所も、そこにとどまってなにかをやらないと体感できないことがあるのだなと感じた。東京から近くバイクや車でよく通過する小菅村で、動物たちの痕跡をたどることに熱中する愉しみがあるとは、知らなかったのだし。

宿へ戻り夕食をとったあと、もう一人のガイド青柳さんとも合流し、山へ夜の見回りに行くことに。軽ワゴン二台で峠道を上り、動物たちを見に行くナイトツアーだ。車用のバッテリーに直付けした投光器を各車に積み込み、出発する。

「林のひらけた場所に出たら、ざっと広く光で照らしてください。鹿なんかがいたら、反射して目が光るのでわかります」

走る車の窓をずっと開けた状態で、僕は青柳さんから言われたとおり、上方だったり下方だったりする山の斜面に向けて、明かりを向ける。そう簡単には鹿も見つからないが、明かりが闇をつきぬけかなり遠くまで照らしてくれること自体に、それなりの楽しさがある。

そして、ジェットコースターに乗っているようなスリルがあった。

一応舗装されてはいるがかなり細い山道にはガードレールもなく、少しでもはみ出したら五〇メートル以上の奈落、というような道だった。コンパクトな軽ワゴンとはいえ、落ちたら死ぬぞという緊迫感が、「あ、これって冒険する小説家っぽいな」と思わせもした。

やがて山を上りきり平地っぽくなっているところに来たとき、運転している青柳さんが「いる」と言いながらフロントガラスを指さした。光る目がいくつか見え、少し遅れて鹿たちが起き上がり、山を下ってゆくのが確認できた。

車から全員降り、後を追うようにして山の斜面を少しだけ下る。すぐに、鹿が寝床にしていた跡を見つけた。やがて静けさの中、パキッという小枝が折れたり葉をかき分けるような音が時折聞こえた。暗闇の中、音だけでも鹿のいる方角やだいたいの距離がわかった。何頭かの集団からはぐれた一頭が、遅れながら合流しようとしているらしい。直線距離だけで考えると、野生の鹿との距離は近い。

ふと、オーディオマニアには誰でもなれるんだな、と思った。

どういうことかというと、オーディオマニアの人たちは、音楽を良い音で再生するために、一メートル数万円のスピーカーケーブルを買い揃えたり、電源タップにこだわったりする。音楽を聴くのにそこまではこだわらない身からすると、機材に大枚はたいてもそんな微細な違いなどわからないだろうと半ば馬鹿にするような気持ちにもなってしまうのだが、僕だってケーブルや電源タップを換えた場合の音の違いを実際に体感したわけではないのだ。ガイドの鈴木さんが、動物の糞や足跡や匂いなど、ありとあらゆる繊細な痕跡を簡単に見つけ出すのも、かなり熟練した猟師による繊細な感覚によるもので、素人の自分は簡単にその域には達せないのだと思っていたが、そこまで遠いものでもない気がした。

動物の痕跡は、五感でけっこうはっきりと感じられる。音だけでも対象がいる方角と距離がわかるのだし、寝床にしていた跡も、数時間前と比べればそれなりに気づけるようにはなっていた。つまり興味がなかったり実際にやっていない身からすると違いがわからないものでも、少しやってみれば、全然違うことがわかったりするのだ。

投光器で斜面を照らしながら下山したが、動物とは遭遇せず、一日目を終えた。

翌日朝食後、罠に動物がかかっているかどうかを確認するためのフィールドワークが始まった。

鈴木さんに指摘されてからではあるが、新しくできた足跡や糞等を指さされると、わりとすぐそれらに気づけるようになっていた。林の中にある情報が、他人事ではなくなってきている。

結局のところ、仕掛けたすべての罠に、動物はかかっていなかった。

「やっぱり、罠を仕掛けるのに時間をかけすぎて、人間の匂いを残しちゃったからですかね」

僕が反省しがてら鈴木さんに訊いてみると、鈴木さんが単独で罠を仕掛ける際は、ほんの数分でさっさと仕掛け、その場を立ち去るのだそうだ。人間の痕跡を残さないことも大事なのだ。

狩猟体験ツアーなのに動物がかかっていないとは、満足のいかない結果なのではないかと思いきや、全然そんなことはない。面白さの本質は、実際に動物を捕まえられるかどうかではなく、人間と動物が互いの痕跡を追い、あるいは避けたりという、山を媒介にした対話にこそあるのだ。今回は、動物の側に我々人間の痕跡をより多く読まれてしまったというだけで、捕まえられなくとも、じゅうぶんな満足感があった。

下山すると、解体場へ連れて行ってもらった。わりとコンパクトな解体場ではあるが、作業後の掃除に結構な手間暇がかかるのだという。そして冷凍庫に吊され保管されている鹿を見せてもらったのだが、皮を剥がれたその赤い身体は、えらく筋肉質に見えた。脂身がほとんどない。

ほどなくして、バーベキューの準備が進められた屋外にて、鹿の脚を切り分ける作業となった。

「膜を切り離してゆくように切るといいです」

青柳さん指導のとおりに膜を切ってゆくと、脚の筋肉が簡単に、各部位ごとに切り分けられた。細かく切っていった鹿肉を、オリーブオイルでアヒージョや、炭火でバーベキューにしたりして待つ。固くなりやすい性質を持つため、強すぎない火で調理したほうがいいとのことだった。焼き肉は、さっぱりした味なのだが、鶏肉とも異なる嚙み応えがある。アヒージョは、熱が優しく伝わるからか、こちらのほうが鹿肉のおいしさをより引き立てられていた。最後に、鹿肉入りカレーライスも供されたのだが、それにバーベキューで焼いた鹿肉を加えて食べると、これが最もおいしかった。

カレーという、それなりに個性的な味の料理と一緒に食べるのが最もおいしいという事実は、鹿肉の、牛豚鳥とは異なる個性を見出せた気がした。持ち帰り用の鹿肉もいただいたのだが、おすすめの調理方法を訊いたところ、鹿肉だからといって特別な調理をしようと思わず、普段の料理で使ってしまうのがいいとすすめられた。脂身さえとれば、野菜炒めやシチュー等、なんでもいいらしい。個性がない、という長所もあるのだ。どこにもふりきれない感じが、妙に現実味のある肉だなと感じさせた。

また今度バイクで小菅村を通るとき、途中下車し山林を歩いてみて、痕跡を通じ動物たちと対話できるだろうか。ただ、無理にそのやり方を覚えておこうと思わなくとも、そのときにそれがしたくなったら、心身がある程度勝手に適応するだろうということが、今回わかった。

動物たちは色々な痕跡を残してくれているし、それを延々と見落とし続けられるほど、人間に本来備わった五感も、鈍感ではないのだ。

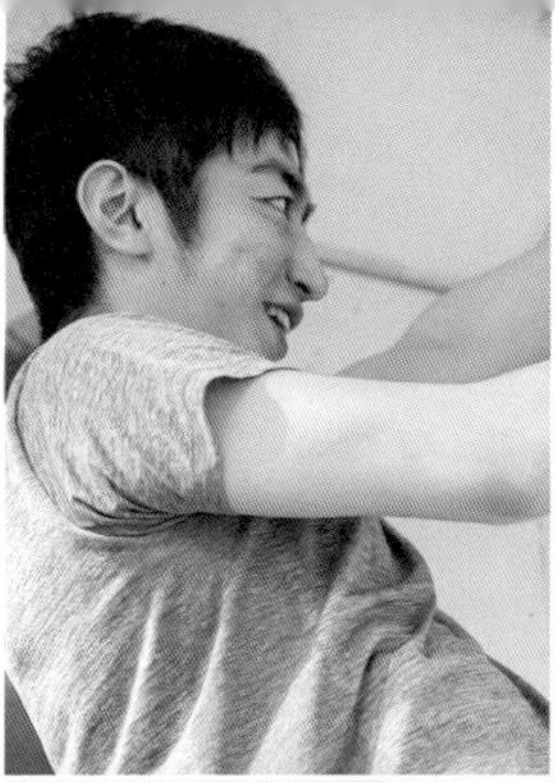

ボルダリング

ブリ一本釣り

サバ漁

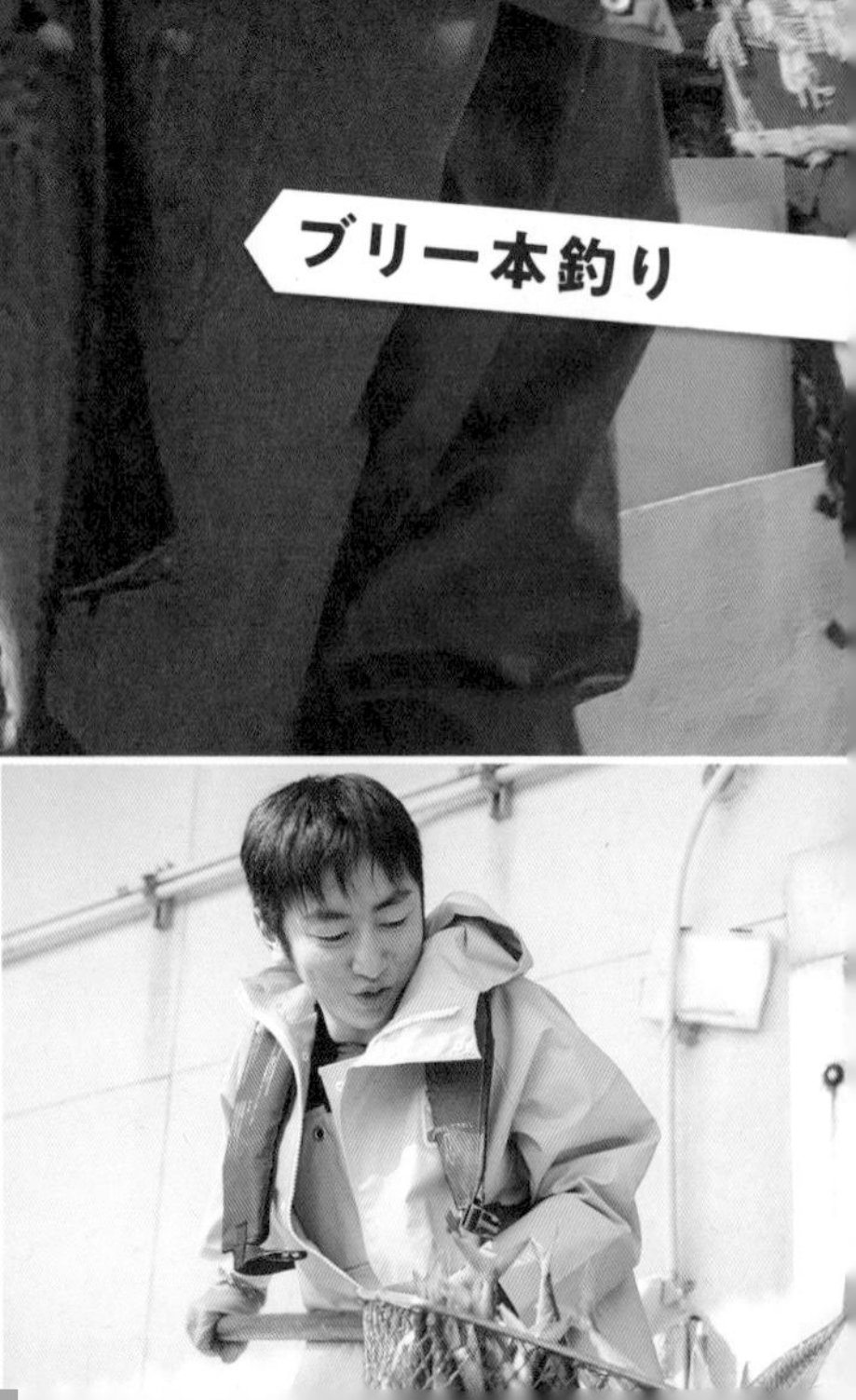

古着を買う

瞑想

インナーケア&肌診断

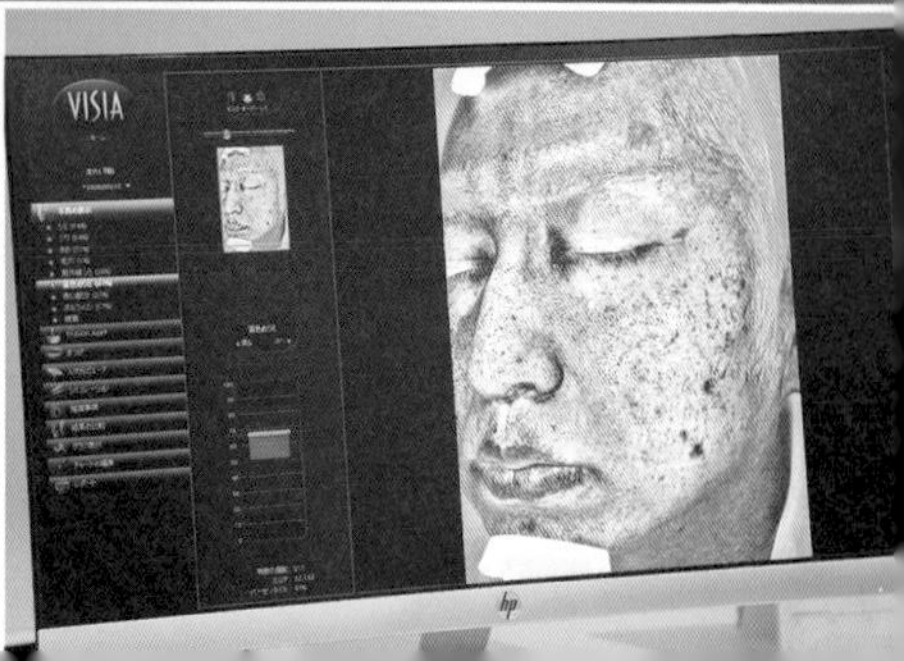
VISIA

狩猟体験

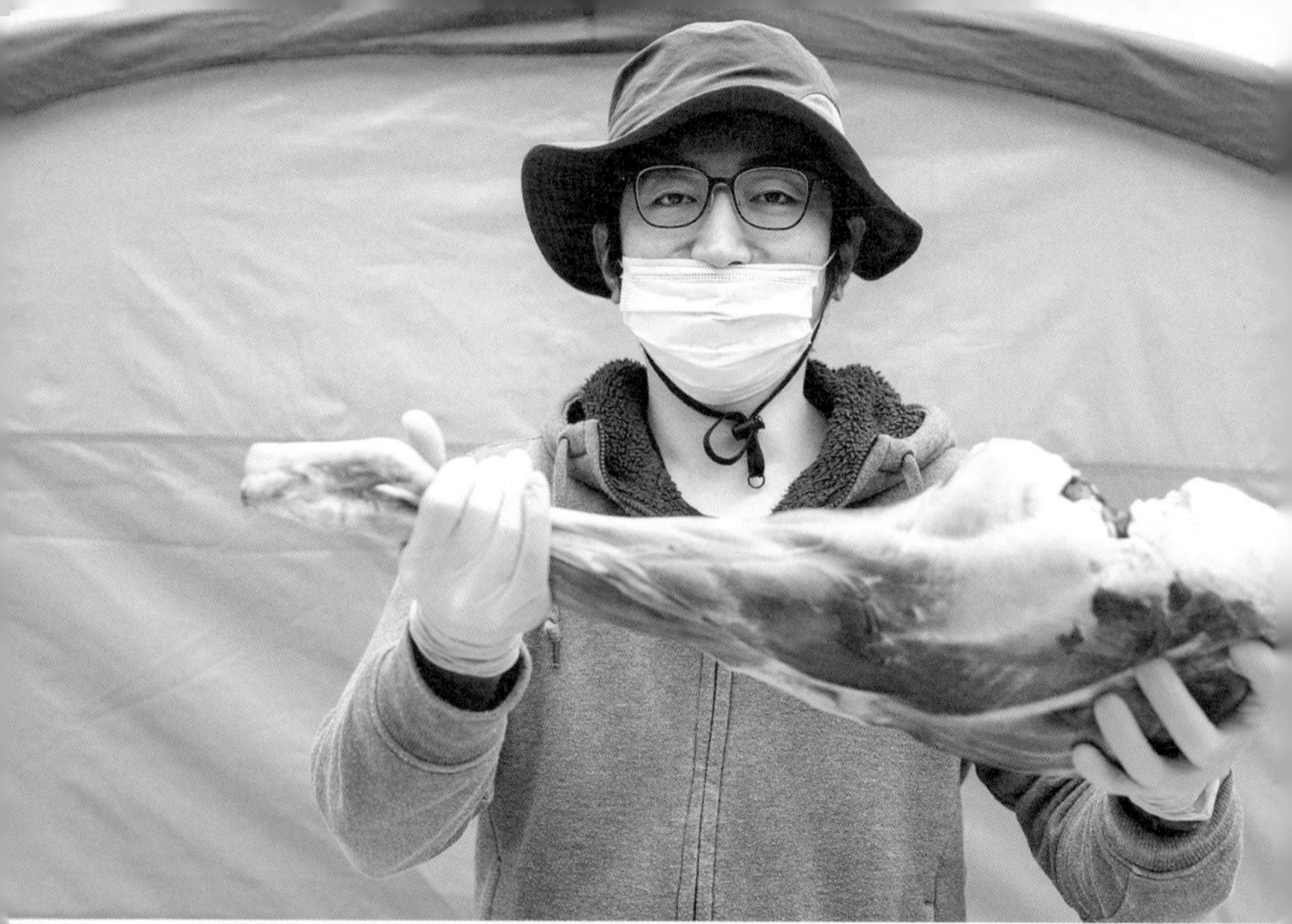

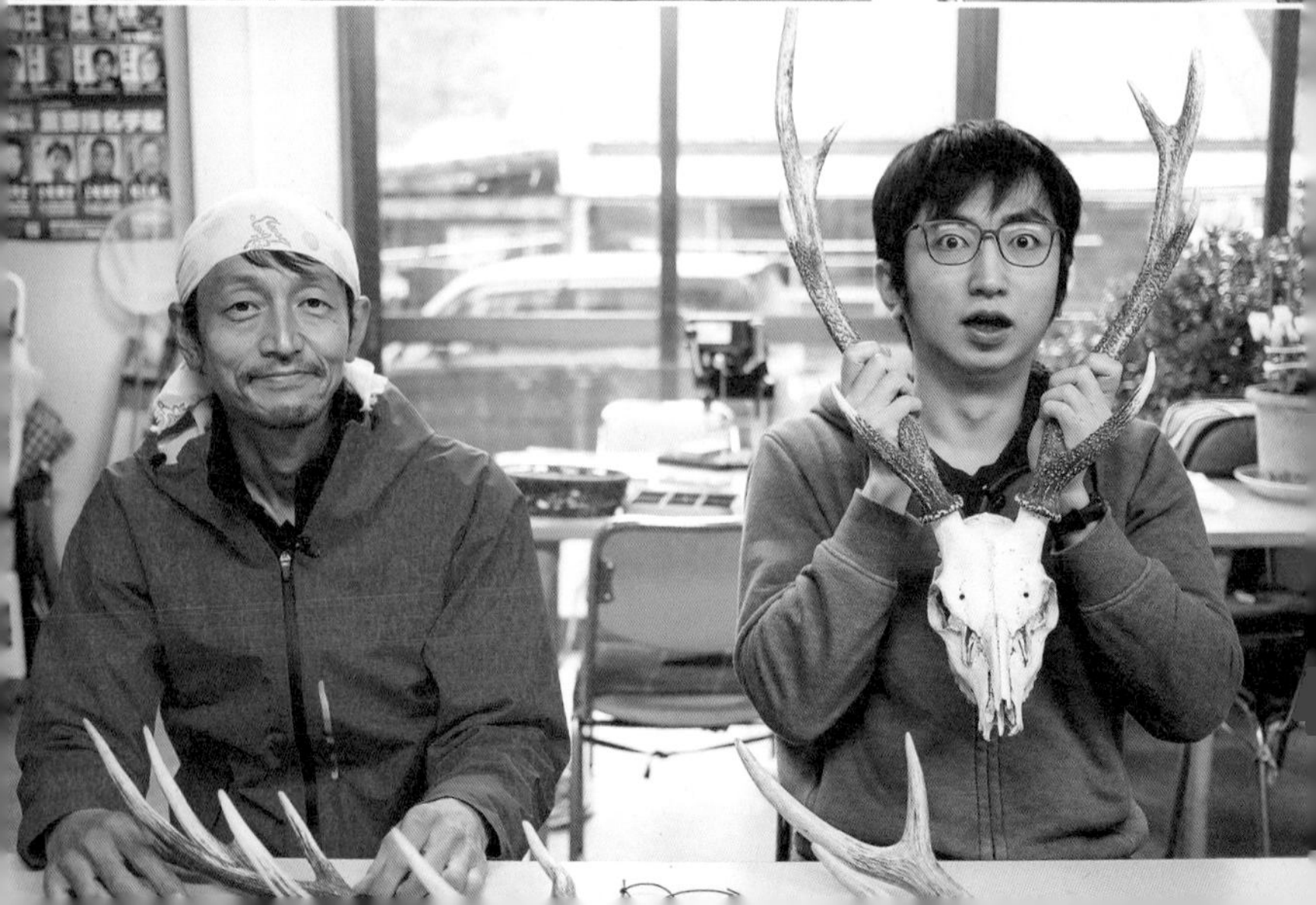

おわりに

本連載と同時進行で、「週刊プレイボーイ」誌上でもエッセイを連載していた。車のある生活に憧れ、理想の車を買うべく数十台もの車に試乗し、悩み、購入した経緯は『羽田圭介、クルマを買う。』（集英社）という人生初のエッセイ本としても刊行済みだ。「週プレ」誌上ではその後も、バイクを買うため試乗しまくったり、理想の住まいを得るにはどうすればいいか考えたりと、自分の興味のむくまま、好き勝手に熱中し書いていった。

それらと比べると、本連載は雰囲気が異なる。

それまでなんとなく興味を抱いていたものの、やっていなかった、もしくは知りもしなかったものを教えてもらいやってみたり、たまたま初体験したものについて、考察している。だから、体験者である自分ははじめから積極的であったり、熱があったりする回のほうが少ない。ただ、体験したことが思いもよらぬ感想をもたらしたりといった意外性は、毎度のようにあった。その感覚は、他者と知り合うときのそれと似ている。

趣味嗜好の似ている人同士で集まっていると居心地はいいし、楽しい。ただ、同質的な人間で集まっているが故の飽きや、これでいいのかという問いを、どこかでたまに抱く。価値観の違う他者と向きあうとき、楽しさがないどころか、時には緊張感やストレスを覚えたりもする。だからこそ、少しでもわかりあえたときは大きな快楽を覚えるし、それまでになかった視点で物事を考えられたりするようにもなる。

単行本化にあたり七十数本の連載原稿から四六本を選ぶため、再読し続けた数週間、自分と異なる価値観を抱いた人たちとわかりあうときと似た感覚が、継続していた。

それにしても、連載開始当初の三一歳から終了時点の三四歳へ至るまでの間に、物事の考え方が少しずつ変わっていっていると自分にははっきりわかる。三一歳時点では、自分の書く文章としては珍しくポップな感じにふれているし、同時に、色々と体験しなくてはいけないという焦燥感も滲み出ていた。それが段々と、真顔で書いているような筆致になってゆき、焦燥感も消えていっている。

体力面でも、ジムに通い始めたこともあってか度々、ウェイトトレーニングで持ち上げられる重量が記されているが、その軽さに、現在三五歳の自分はびっくりする。つまり単純に体力面だけでいうと、ここ数年間で衰えるどころか筋力や持久力は向上しているのだが——。

やはり精神的には、変質していった。編集者とカメラマンが用意してくれた車に乗り、色々な初体験をしに行くのは毎回楽しく、小説家としての自分に良い気づきをもたらしてくれることにも期待していたのだが、段々とそういうのは減っていった。

数年くらい前、年上の知人作家たちが、エッセイの執筆依頼等を断りだした時期があった。エッセイばかり書いていると、まるでエッセイ屋さんになってしまい小説に注力できないから、という理由を度々耳にした。それを聞いた当時の自分は、せっかく仕事の依頼がきているのにもったいない、と思った。今数えてみると、その人達がエッセイをあまり書かなくなったのは、三十代後半からだ。

人生の時間や集中力は有限だから、なにかを深くやり遂げたいのであれば、選ばなくてはならない。本誌連載が三四歳のときに終わった後、「週刊プレイボーイ」でのエッセイ連載も三五歳時に終わらせた。エッセイ連載を二本抱えていた頃より今のほうが、小説の執筆に集中できている。つまりは自分も、年上作家たちと同じ道筋を辿っているというわけだ。

初体験に過剰な期待を抱いても仕方がない、ということも、本連載を通して学べた。理解できなかった、興味をもてなかったものに対し心を開いてゆく過程も大事だが、もっと大事なのは、そのときの自分がもっているものの中で最大限深化させてゆこうとする姿勢のほうだ。

初体験についてこれだけ読んでいただいた後に述べるのも変だが、読者の方々が保守的で代わり映えのしない日常を送られていたとしても、それはそれで良いと思う。新しい体験をするかどうかよりも、自分の頭で深く考え行動することのほうが、大事なのだから。

だから初体験は必ずしも必要ではないのだが、やはりやってみると、楽しい。生きていればおのずと、初めて体験することはこれからもどんどんやってくるだろうし、能動的に自分から跳びこんでみたくもなるだろう。それらを自然に、楽しんでゆければと思う。

二〇二一年九月末日

撮　影　竹内まや（1-14）、
齋藤周造（15-45）、
伊藤和幸（46）
※( )は体験番号の表記
一部、本人提供写真あり
デザイン　おおつかさやか
編　集　芹口由佳

三十代の初体験

著　者　羽田圭介

編集人　栃丸秀俊
発行人　倉次辰男
発行所　株式会社 主婦と生活社
〒104-8357　東京都中央区京橋3-5-7
編集部 TEL.03-3563-5130
販売部 TEL.03-3563-5121
生産部 TEL.03-3563-5125
https://www.shufu.co.jp
製版所　東京カラーフォト・プロセス株式会社
印刷所　大日本印刷株式会社
製本所　株式会社あさひ信栄堂
※乱丁・落丁の場合はお取り替えいたします。購入された書店か、
小社生産部までお申し出ください。

ISBN978-4-391-15601-0